斬！　江戸の用心棒

佐々木裕一

朝日文庫

本書は書き下ろしです。

目次

斬！　江戸の用心棒

序章

蒸し暑い夜のことだ。

四人の供侍《ともざむらい》に守られた大名駕籠《かご》が、神田川の柳原土手《やなぎはらどて》を川上に向かっていた。

「急げ」

供侍の一人が振り向き、駕籠を担ぐ陸尺《ろくしゃく》たちに声をかけて歩みを早める。

同輩《どうはい》の供侍が駆け寄り、怪訝《けげん》そうな顔を向けて小声で訊《き》いた。

「何をそう急ぐ」

「気付かぬか。つけられている」

「何」

同輩が足を止めて振り向く。

供侍は見向きもせずに、前方の警戒に集中する。土手に並ぶ柳に人が潜んでいないか。一本一本に注意を怠らない。土手の左側に並ぶ商家の軒行灯《のきあんどん》の明かりを頼りに警戒をしていたが、寄合旗本、富田《とみた》なにがしの屋敷の三辻《みつじ》にある辻番屋を過ぎると、頼れる明かりは、駕籠の前後にいる中間《ちゅうげん》が持つ提灯《ちょうちん》のみだ。

「暗い」

供侍がぼやいた。

「中田《なかた》」

返事がないので供侍が振り向く。

「おい、総之介《そうのすけ》」

「は」

駕籠の左前方を守っていた若い侍が走って近づく。

供侍は、剣の腕が立つ総之介に、つけてくる者を斬れと命じた。

総之介は息を呑《の》んだ。

「殿の御為《おんため》だ。ためらうな」

「はい」

こころを決めた総之介は足を止めてきびすを返し、あるじが乗る駕籠が通り過ぎるのを見送ると、鋭い眼差《まなざ》しを道に向けた。

川下から吹き上がる風により、柳の枝がのれんのように視界を遮る。総之介は、柳の幹に歩み寄り、身を隠した。程なく、辻番屋の明かりの中に人が見えた。黒い着物の裾《すそ》を折り曲げて帯に挟み、黒い股引《ももひき》をはいたその曲者《くせもの》は、身体《からだ》を前かがみにして、足音を忍ばせて歩んで来る。

総之介は、刀の鍔《つば》に当てていた親指に力を込め、鯉口《こいぐち》を切った。

足を忍ばせていた曲者が、ぴたりと足を止めたのは、その時だ。

柳に身を隠していた総之介は、抜刀して曲者に向かう。すると曲者は、二、三歩後ずさりしてきびすを返し、辻番屋の前の三辻を右に曲がった。

「待て！」

総之介が声をあげて走り、曲者が逃げた辻を曲がる。商家の明かりがもれる道の先に、逃げる曲者の後ろ姿がある。

総之介は、曲者がふたたび曲がって消えた路地に追って入った。だが、明かりがまったくない路地は、迂闊《うかつ》に歩けば横から襲われる危険が潜んでいる。

いつでも応戦できるよう、刀を脇構えにした総之介は、慎重に歩みを進める。

すると路地から出た通りに、こちらを向いて立つ人影があった。

逃げるのをやめて待っていた曲者は、腰に手を回して刃物を抜き、右足を前に出して低い構えをとる。

総之介が先に動いた。

脇構えのまま間合いを詰め、刀を振り上げて打ち下ろす。

相手が覆面をつけていることに、この時気付いた。

右肩を狙って打ち下ろしたものの、相手が小太刀で受け流した。攻撃に転じた相手が一閃《いっせん》した小太刀の切っ先を、総之介は飛びすさってかわす。だが、わずかに相手が勝り、着物の胸が切り裂かれた。

容易ならぬ相手に、総之介は足がすくみ、死を覚悟した。

刀を正眼《せいがん》に構えたものの、怯《おび》えているのが伝わったのか、相手は命を取るべく、間合いを詰めてくる。


一方、総之介が抜けた大名の一行は、中屋敷に向かうために和泉《いずみ》橋を渡ろうとしていた。

橋の南詰にある柳の陰から一人の侍が現れたのは、総之介が離れた直後のことだった。

着流し姿の侍は、一行の前で横を向いて立っている。

供侍は警戒した。男から発せられる剣気が尋常でないことを、剣客の血が覚《さと》ったのだ。

鯉口を切った供侍が、男に大声をあげた。

「近江《おうみ》野洲《やす》藩藩主、大垣和泉守《おおがきいずみのかみ》の駕籠である。道をあけい！」

すると侍は、青白い顔を向けた。

切れ長の瞼《まぶた》の奥に、冷徹な光を帯びた眼差《まなざ》しがある。

身体から湧き出る殺気に、供侍は抜刀して叫んだ。

「幕府御老中《ごろうじゆう》であるぞ！」

「お命、ちょうだいつかまつる」

侍は言うなり、猛然と迫った。

「おのれ！」

供侍が刀を振り上げた。

抜刀術をもって供侍の腹を切り裂いた侍が前に進み、二人がかりで斬りかかる供侍の攻撃をものともせずに斬り倒し、逃げる陸尺たちを斬殺した。

道の真ん中に忘れられたように置かれた大名駕籠に、侍が歩み寄る。

刀の切っ先で引き戸を開けると、壮年の侍が目を閉じ、黙然と座っていた。

侍が問う。

「大垣和泉守沖綱《おきつな》殿か」

すると沖綱が、鋭い眼差しを向け、苦渋の顔をした。

第一章　逆恨み

一

「旦那、真十郎《しんじゅうろう》の旦那」

夜着を抱いていた真十郎は、辛《つら》そうに片目を開けた。

横を向いて眠っていたので、顔の右半分は夜着に埋まっている。

真十郎の左目に飛び込んだのは、目の前で片膝をつく女の白い内ももだ。そそられて、そっと手を伸ばす。

拒んだ女が、横座りして顔を近づける。

「この先は、また今夜」

金次第、ということか。

真十郎はあくびをした。

「今何どきだ」

「さあ、でもおてんと様は、とっくの昔に顔を出しておられますよ」

真十郎は飛び起きた。

「いかん。叱《しか》られる」

窓から外を見ると、あいにくの青空が広がっている。

「あらまあ、旦那、今日も普請場の仕事でしたの」

心配する女に苦笑いをした真十郎は、着物と袴《はかま》を着けて刀を持ち、部屋を出て階段を駆け下りた。

長い剣術修行の旅から江戸に戻って三ヵ月になる真十郎は、食うために、普請場で働いているのだ。

行き交う人を縫うように走る真十郎が恐れるのは、雇い主の棟梁《とうりょう》に叱られるからではない。仕事を紹介してくれた家主の玉緒《たまお》の怒る顔が、目に浮かぶからだ。

富岡八幡宮の門前を西に走る真十郎は、すぐ近くにある佃煮《つくだに》屋の普請場に到着した。

愛刀を佃煮屋の手代《てだい》に預けて裏の離れに行くと、棟梁が長床几《ながしょうぎ》に腰かけて、たばこを吹かしていた。

「すまん、寝過ごした」

正直に言って頭を下げる真十郎に、棟梁が見くだした眼差しを向ける。

「旦那よう、もう昼前だぜ。これまで真面目に働いたのに、最後の日に遅参するとは、運のないお方だね」

「というと……」

「ついさっき、ここの仕事は終わっちまった。てことで、手当は昨日の分までしか渡さないよ」

真十郎の仕事はこの佃煮屋のみの約束だ。

「棟梁、待っていてくれたのか」

「銭を渡さなきゃ、旦那との仕事が終わったことになりませんからね」

棟梁は印半纏《しるしばんてん》の懐に手を入れて、銭袋を出した。

もらえるのは昨日までの三日分だ。一日三百文だから、合わせて九百文。

「ひのふの……やの、ここのつ、と。へい、九百文」

銭を数えた棟梁が渡してくれた。

百文銭を九枚受け取った真十郎は、じゃらりと鳴らして手を引っ込め、着物の袂《たもと》に落とした。

「それじゃ」

と言って立ち去ろうとした棟梁に、次の普請場でも働かせてくれと頼んだが、難しい顔をする。

「旦那は腕の力もあるし、雇ってあげたいところでござんすがね。下働きは足りてますんで」

「そうか」

真十郎は、九百文で何日食えるか考えた。昨夜の遊びはおもしろかったので、有り金を使い果たしたことに後悔はないものの、今日から仕事がないとなると、さすがに不安になる。

「旦那、大丈夫ですかい」

心配してくれる棟梁に薄い笑みで応じた真十郎は、その場で別れて、家路についた。

真十郎の住まいは、深川島田町《ふかがわしまだ》にある。口入屋《くちいれや》をしている玉緒の持ち家を借りているのだが、二階建ての一軒家は、独りで暮らすには広すぎる。だが、真十郎は初めて家を見た時、己が置かれた立場に気落ちしたものだ。

近くの一膳めし屋で空腹を満たし、酒の肴《さかな》にめざしを買って家に帰ると、勝手口から入り、湯飲み茶碗《ぢゃわん》と酒の入った徳利《とっくり》を手に居間に上がった。

火鉢の前に座り、鉄箸で灰を探って炭をつかみ上げると、息を吹きかけた。しめたことに火が消えていなかったので、火鉢に戻して炭を重ね、冷えた手を温める。

天井からみしりと音がしたので見上げた真十郎は、愛刀の備前光平《びぜんみつひら》を取って左に置き、階段がある裏の廊下に目を向けた。

階段を下りる足音がして、障子に人影が映る。真十郎がいることに気付いていないらしく、居間の障子を少し開けた刹那《せつな》、きゃ、と、かん高い声をあげて目を見開いたのは、家主の玉緒だ。

今年二十八歳になった真十郎より三つ上の女は、顔はうりざねで、器量はそこそこ、気が強そうな見た目そのままに、なかなか厳しい。

だが、たった今聞いた玉緒の声は、なんとも女らしいではないか。

「驚かせてすまぬ」

と言いつつも、どうして二階にいたのか気になった。二階には、何もないはずだ。

玉緒は胸に手を当てて長い息をすると、障子を開けて入り、真十郎の前に膝を揃《そろ》えた。そして唐突に、作り笑いを浮かべた。

なんだか、いやな予感がする。

「旦那、普請場の仕事は、今日まででしたね」

優しい声が恐ろしい。

「もう終わったのですか？」

「うむ」

「次の仕事は、決まっているのですか」

「いや、まだだ。明日にでも、そなたに頼みに行こうかと――」

玉緒がずいと膝を進めてきたので、真十郎は口を閉じた。

見上げてくる玉緒の顔が近い。

「旦那、普請場の手当は、一日三百文でしたね」

「そうだ」

「安い仕事だこと。お気の毒」

おぬしが紹介したのではないか、と言いかけて、真十郎は息を飲んだ。玉緒が手をにぎってきたからだ。

細い指で手のひらをさすりながら色目を向けてくる。

「凄《すご》い剣ダコ。うちには多くの浪人さんが仕事を求めてきますけど、旦那のような手を触ったのは初めて。刀を抜けば、すごくお強いのでしょう、きっと」

それを確かめていたのか。

「さほどでもないが、剣を使う仕事でもあるのか」

「ございます」

「まさか、殺しではあるまいな」

すると玉緒が、顔の前のはえを追い払うような仕草をした。

「違いますよ。用心棒です」

「おお、それならおやすい御用だ。旅をしていた時は、路銀を稼ぐために幾度か請け負ったことがある」

玉緒が嬉《うれ》しそうな顔をした。

「それじゃ、やってくれますね」

「返事をする前に、まずは、仕事の中身を聞こう」

「あら、選ぶのですか。遅参をしたくせに」

どきりとした。

「どうして、知っているのだ」

玉緒がつんと顎を上げて、流し目をする。

「芦屋《あしや》の玉緒ですよ、あたしは」

深川界隈《かいわい》では知らぬ者がいない女だというのを思い出し、真十郎は、顔をうつむけた。

「つい、寝過ごしたのだ。許せ」

顔を潰されることを嫌う女だ。拝んでもきっと怒る。

「許しますとも」

「え?」

真十郎は拍子抜けした顔を上げた。

「用心棒を受けてくださるなら、遅参は聞かなかったことにします」

「受けなかったら、いかがする」

「家賃を倍にしましょうかね」

「それだけは勘弁してくれ」

「では、受けていただきますよ」

「せめて、手当だけでも教えてくれ。用心棒の場合、安売りはごめんだ。これまで受けた仕事で、刀を抜かずに終わったことがないのでな」

玉緒は、普請場の仕事を紹介した時とは違い、真剣な顔でうなずく。

「手当は、二日で一分、泊まり込みで、朝夕の食事が出ます」

少ないが、食事が出るなら悪くない。一人暮らしは薪《まき》に火を着けることからやらなくてはならず、湯を沸かすこと一つとっても、面倒だ。

「どうなさいますか」

「もう一声欲しいところだが、受けよう」

「よかった。先方は知り合いなので、素性《すじょう》が確かな旦那にお願いしたかったのです」

「素性か……」

「あたしのおとっつぁんがお仕えしていた菅沼金兵衛《すがぬまきんべえ》様の親戚だもの。今は浪人でも、月島《つきしま》家の家柄は確かだわ」

「まあ、そうか」

嘘《うそ》を信じている玉緒に、真十郎はこころの中で手を合わせた。父の無念を晴らすまでは、月島真十郎として生きなければならないのだ。

「旦那？」

神妙な顔になっていたのだろう、玉緒が心配そうに真十郎の顔をのぞき込む。

真十郎はなんでもないと言って、笑みを浮かべた。

「して、用心棒をする日数は」

玉緒は安心した顔で座りなおした。

「それは、先方が決められます」

「いつからだ」

「今日からでも、お願いしたいとのことです」

「よかろう。どこに行けばよい」

玉緒は懐から紙を出して広げた。

書かれているのは、浅草にある履物《はきもの》問屋のことだ。

玉緒が道順を教えて、店の場所を示して言う。

「店の名は中里屋《なかざとや》で、あるじは文右衛門《ぶんえもん》さんです」

「吾妻《あづま》橋を渡って真《ま》っ直《す》ぐ行ったところか。雷門《かみなりもん》の近くとは、にぎやかな場所にあるのだな」

「繁盛して羽振りがいいので、仕事がうまくいけば、ご褒美が出るかもしれませんよ」

「それはありがたいことだが、外に出る暇《いとま》はあるか」

「あら、好《い》い人でもできたの？」

　玉緒の目つきが厳しくなったのは気のせいだろうか。

「そのようなものはいない」

　遊び女の馴染《なじ》みはいるが、と言いかけて、やめた。浅草から吉原にでも行くのではないかと思われるのがいやだったからだ。

「誰を守るのかしらぬが、ずっと一緒というのも辛いのでな」

「そのへんは、雇い主と決めてくださいな」

「分かった。ところで、二階で何をしていたのだ」

　玉緒が珍しく動揺した。

「いえ、何でもないのよ。うふふふ」

「家賃を払っているからには、ここはおれの家だ。勝手に上がるというのは解《げ》せぬ。二階に上がらなくてはならぬ物が残っているなら、持って帰ってくれぬか」

「何もないのよ、ほんとうに。掃除をしていただけ」

　じゃあお願いしますね、と言って、玉緒は帰った。

　何もないはずだが、と思いつつも、気になるので二階に上がってみた。

二間の障子が閉められていたので開けてみると、部屋を隔てる襖《ふすま》は開けられ、変わった様子はない。言うとおり掃除をしていたのだろうと思って障子を閉めようとした時、押し入れの襖が少しだけ開いているのが目にとまった。部屋に入って押し入れを開けてみる。すると、なかったはずの夜着が重ねてあった。

本宅に置けなくなったのを持って来たのだろう。

「それならそうと、言えばよかろうに」

真十郎は首を傾《かし》げて、襖を閉めた。

二

家を出た真十郎は、深川の東のはずれにある、藁《わら》ぶき屋根の一軒家を訪ねた。生垣《いけがき》に囲まれた家は、玉緒が両親のために建てたもので、まだ新しい。そこに、菅沼金兵衛がいる。

木戸が開けられたままの表門を勝手に入り、土をついて餌をついばむ鶏を横目に庭に回ると、縁側に二人の老翁がいた。両名とも囲碁に没頭しており、互いにかがむ姿勢で、碁盤を見つめている。

左手に座る白髪の男が菅沼金兵衛で、右手に座るでっぷりと肥えた男が、かつて金兵衛の家に奉公していた、玉緒の父親だ。今は娘のおかげで、楽隠居をしている。

玉緒の父親が、一手指した。すると金兵衛が、額が碁盤につくほど顔を近づけ、ゆがめた顔を上げる。

「権吉《ごんきち》、そこは待て」

「うはは、よろしいですとも」

人が好い権吉は、石を引いた。

袖をまくり、勝負はここからじゃ、と言った金兵衛が、真十郎に気付いた。

「若！」

すると権吉が驚き、慌てて庭に下りて両膝をつくので、真十郎がとめた。

「権吉、それはよせと、前に言うたはずだぞ」

「ははあ」

「だから、それもよせ。今のおれは、食い詰め浪人だ。大垣沖信《おきのぶ》は、この世におらぬ」

「若様……」権吉は嗚咽《おえつ》をあげた。「おいたわしや」

「泣くな権吉、頭を上げてくれ。このようなところを玉緒殿に見られてみろ、あの家にいられなくなるではないか」

「真実を明かしてくだされば、若様にご不便をかけることはございませぬ。どうか、我らに頼ってください」

真十郎は、権吉の肩をつかんだ。

「もう、十分頼っておる。おれが生きていることが公儀に知られぬよう、名を変え、金兵衛の縁者としているのだ」

「はい、はい」

真十郎は金兵衛に顔を向けた。

「今日から留守をする」

金兵衛が心配顔をする。

「どちらに行かれます」

「仕事だ。玉緒殿から用心棒の仕事をもらった。中田総之介の居場所が分かれば、浅草の中里屋という履物問屋に来てくれ」

「承知しました」

「ではな」

「若、いや、真十郎殿、くれぐれも、気をつけられよ」

真十郎は金兵衛と権吉に顎を引き、浅草に向かった。

歩きながら、金兵衛と再会した時のことを思い出す。

それは、今から三ヵ月前の、秋が深まった頃のことだ。


剣術修行の旅を終えた真十郎は、江戸城の馬場《ばば》先御門《さきごもん》内にある藩邸に帰ったのだが、門が竹矢来《たけやらい》で閉ざされていた。

何があったのか分からず、門の前で途方に暮れていると、ぼろをまとった老翁が歩み寄ってきた。

物乞《ものご》いかと思い、袖袋をまさぐって銭を探していると、

「若！」

と、老翁が言うではないか。

よく見ると、真十郎の守役《もりやく》をしていた、菅沼金兵衛だったのだ。

父の重臣として、堂々としていた金兵衛とは思えぬみすぼらしさに、真十郎は

目を疑った。何があったのか問うと、金兵衛は涙をこらえ、ここでは話せぬと言い、人目を避けて真十郎を物陰に誘い、深川の権吉宅へ来てくれと、道順を教えた。そこで、御家《おいえ》に何があったか伝えると言い、離れて行った。

隣の屋敷の者に顔を見られぬよう気をつけろ、とも言われたので、真十郎は編《あ》み笠《がさ》を深く被《かぶ》り、足早に廓《くるわ》の外へ出た。

永代橋から深川に渡って権吉の家に着いた時には、金兵衛は身なりを整えて待っていた。

物乞いになりすまして屋敷のそばにいたのは、いつか帰って来る真十郎がよそに行ってしまわぬよう、何日も通い、馬場先の門が開いているあいだ中待ち続けていたのだ。

父沖綱の死を知らされた時は、頭が真っ白になった。

次期老中首座《ろうじゅうしゅざ》と目されていた沖綱は、外出先から酒を飲んで帰る途中に物取りに襲われ、横死していた。

家督は、音信不通だった真十郎を病死と届け、弱冠十三歳の弟次郎《じろう》が、沖政《おきまさ》と名を改めて継いでいた。

だが、老中が物取りに殺されたことが見逃されるはずもなく、御家には厳しい沙汰が下された。公儀からは、老中たるものがみだりに町を出歩き、物取りに襲われて命を落とすとは何ごとか、と、咎《とが》められ、近江野洲藩五万石の領地は召し上げられ、大垣家は、五千石の旗本になり下がっていた。

大勢の家臣を養えず、真十郎が知るほとんどの家臣たちは浪人となり、江戸を去っていた。

衝撃を受けた真十郎は、母と弟を心配して会いに行こうとしたのだが、金兵衛に止められた。病死と届けられているので、生きていることが公儀の耳に入れば、偽ったことを咎められ、今度こそ、御家が潰されるというのだ。

「あと一月早《はよ》う帰ってくだされば、病死と届けずにすみましたのに」

金兵衛がそう言って泣き崩れたことは、昨日のことのように思い出せる。

あの日から、月島真十郎という食い詰め浪人になったのだ。死人ゆえ、公儀の目をはばかり、いまだ父の墓にも行けていない。

父の仇《かたき》を討つと決めているが、手がかりは一つもなかった。唯一生き残っていた中田総之介が何かを知っているはずなのだが、彼は姿を消していた。金兵衛に言わせれば、あるじを死なせてしまった責めを受けて切腹させられるのが恐ろしくなり、逃げたのだという。

藩ではそういうことになっているらしい。

だが、総之介をよく知っている真十郎は、まったく信じていない。総之介は、あるじの仇を討つために、江戸にいると信じている。


物思いにふけりながら歩いていた真十郎は、

「どいてくれ、どいて！」

威勢のいい声に驚き、吾妻橋の端に寄った。

子供が生まれそうだと叫ぶ男たちが、産婆らしき老女を輿《こし》に乗せて浅草に渡っていく。

先ほどまでの殺伐とした気持ちが薄れた真十郎は、懐手をして橋を渡り、中里屋を目指した。

大勢の人が行き交う浅草寺《せんそうじ》門前を歩み、店の前に到着した真十郎は、黒漆に金文字の看板を見上げながら、景気がいいと教えてくれた玉緒の言葉に納得した。

店には、ひっきりなしに人が出入りしているからだ。

仕入れた履物を背負った客を送って出た手代が、店の前にいる真十郎を見て、何か御用で、と、気を利かせたので、芦屋の玉緒の紹介で来たと告げた。

「月島様ですね」

どういうわけか、手代が名を言ったので、真十郎は訊く顔をした。

すると手代が、旦那がお越しになると、玉緒さんから聞いていたと言うではないか。

玉緒は、初めから来させると決めていたのだ。

この時真十郎の頭に、二階の押し入れにあった夜着が浮かんだ。泊まり込みの仕事なので、そのあいだ、誰かに部屋を貸そうとしているのかもしれない。旅籠《はたご》のように日割りで貸せば、家賃と宿泊費の両方が入るわけだ。

商売上手の玉緒ならあり得ると思い、真十郎は鼻先で笑った。

「あのう、何か」

独りで笑う真十郎のことを見て、手代が奇妙そうな顔をしている。

「なんでもない。今日からよろしくな」

手代は笑顔ではいと言った。

「どうぞお入りください」

促されて店に入ると、帳場にいた四十代の男が首を伸ばした。

「月島様のご到着です」

手代の声に、その男は明るい顔をして立ち上がる。

「お待ちしておりました。あるじの文右衛門です」

「月島です」

「こちらにお座りください。お道《みち》や、月島様の足を洗ってさし上げて」

はぁい、と返事をした若い女が、水と手拭いを入れた盥《たらい》を持って来て、砂埃《すなぼこり》に汚れた足を洗ってくれた。

その後通されたのは、奥の客間だ。

用心棒に対してずいぶん手厚いもてなしをするものだと不思議に思いながら座っていると、先ほどのお道が、茶菓まで持って来てくれた。

甘い落雁《らくがん》には手を付けずに茶をすすっていると、文右衛門と女が客間に入って来た。

「これは、妻の絹《きぬ》です」

文右衛門と揃って座る絹は、四十代半ばほどか。いささか疲れた様子に見えるのは、用心棒を雇うことになった因果に対する心労のせいだろう。

察した真十郎は、二人に訊く。

「守ってほしいのは、ご妻女か」

文右衛門が答えた。

「いいえ、倅《せがれ》の文一郎《ぶんいちろう》でございます。玉緒さんからお聞きになられていませんか」

「こちらで聞けと言われて参った」

「さようでしたか」

文右衛門は絹を見て、やはり玉緒さんに相談してよかった、と言い、安心した顔をした。玉緒の口の堅さに救われたようだ。

そして真十郎に向き、遠慮がちに言う。

「恥ずかしい話でございます」

困り顔で告げたのは、一人息子のことだ。

三

「若旦那？」

背後から声をかけられて、文一郎はびっくりして振り向いた。

「なんだ、お道か」

「こんなところに隠れて何をされているのです」

「うるさいな、あっちへ行ってろ」

何も知らないお道は、不思議そうな顔をして台所に戻った。

お道のせいで、親父《おやじ》がどこまで話したのか聞きそこねた。

息子の失敗をつつみ隠さず話したのか、今は静かになっている。

自分を守ってくれるのは、どんな人だろう。

気になった文一郎は、忍び足で廊下を進み、庭を挟んだ部屋に入ると、外障子を少しだけ開けた。

親の前に正座している男は、文一郎が想像していたのとはかけ離れていた。

浪人だと聞いていたので、町でよく見かける、継ぎはぎの着物にしおれた袴《はかま》、鞘《さや》の塗りが剝《は》げた刀を帯び、月代《さかやき》も汚く伸びた、むさくるしい人が来るものだと思っていた。

ところが、親の前に座っているのは、歳《とし》も文一郎と近い若者で、日焼けはしているが、それがかえって精悍《せいかん》で、身なりも清潔そうだ。

それはいいのだが、文一郎は不安になった。

「ちっとも強そうにない」

障子を閉めて、思わず声が出た。

「あれで、辰三《たつぞう》を追い払えるのか」

文一郎は不安に駆られ、あの夜の失敗を後悔した。

それは五日前のことだ。

サイコロ遊びで小金を稼いだ文一郎は、気分をよくして料理屋に酒を飲みに行ったのだが、一人で酒を飲んでいた女と話しているうちに盛り上がり、奥の部屋で一緒に飲もうと誘われた。

その料理屋というのは、寂しい女が出会いを求めて足を運ぶ場でもあったので、文一郎は、一夜の恋を期待し、誘いに応じた。

女は明るく、器量もよかったので、肩を寄せ合い、鼻の下をのばして酒を飲んでいたのだが、急に酔いが回り、気付いた時には、見知らぬ部屋にいた。

有明行灯《ありあけあんどん》の薄暗い中で目を覚ました文一郎は、素っ裸になっていることに気付き、そして、隣に裸の女が眠っていた。

一夜の恋をしたらしい。

いい女を抱いたはずなのに、まったく覚えていない。その時は、酔った自分に腹が立った。

このまま別れるのはいやだと思い、女の背中に抱き着いた。

目を覚ました女が、

「もう、若旦那ったら」

優しい声で受け入れようとした時、障子が荒々しく開けられ、男が怒鳴り込んできた。

「てめえ！　人の女房に手を出しやがって！」

そう言っていきなり顔を殴ってきたのが、辰三だ。

あの時のことを思い出した文一郎は、やっと青あざが消えた頬に手を当てて、きつく目を閉じた。

女に逃げろと言われて、着物を抱えて外に飛び出した文一郎は、どぶ臭い路地を走って逃げた。大きな池に突き当たったと思った場所が大川のほとりだと気付くのに時間を要したが、そこからなんとか落ち着きを取り戻し、家まで逃げ帰ったのだ。

ところが、翌日女が店を訪ねて来た。

うちの人が、文一郎さんの腕の一本でももらわないと気がすまないと言っているので、決して、外に出るなと言ったのだ。

　話を聞いた文右衛門は、金で話をつけようとしたのだが、女は首を横に振った。

「うちの人は、若旦那の腕を必ず切り落とすと言っています。それだけじゃなく、こちら様の店を、商売ができないようにしてやると言っています。嘘じゃありません、つい先ほど、仲間の浪人を呼んできて、店を襲う相談をしていましたので、あたし怖くなって、知らせに来たんです。家に帰ると何をされるか分からないので、このまま町を出ます。どうか、みなさんも逃げてください。あたしがいなくなったと知ったら、あの人怒って、何をするか分かりませんから」

　これは本気だと慌てた文右衛門が、文一郎のために用心棒を雇うと言い出したのだ。

　辰三からは、いまだなんの音沙汰《おとさた》もない。だが、いつ来るか分からないので、夜は、店の者が交代で番をしていた。生きた心地がしなかった。五日も家に籠もって怯えていた文一郎は、やっと用心棒が来てくれたことで安心した。

「強そうには見えないが、いないよりはましか」

　もう一度障子を開けて客間の様子をうかがう。三人はまだ、話していた。父と母は深刻な顔をしている。

何を話しているのだろう。

隣の部屋に行って盗み聞きしようかと考えていると、用心棒が立ち上がった。父と母が慌てて止めようとしたが、用心棒が振り向いて何かを言うと、二人は止めるのをやめて座りなおした。

用心棒も両親の前に座った。険しい顔をして言葉を発したが、やはり文一郎のところには聞こえない。

用心棒の話を聞いている両親は、次第に背中を丸めて、いちいちうなずいている。

そしてしまいには、二人揃って頭を下げた。

そこへ、お道が茶を取り換えに来た。

顔を上げた母は、お道に声をかけた。するとお道は、文一郎が隠れている部屋を指し示すではないか。

こちらを向いた用心棒と目が合った。その目つきが厳しかったので、文一郎は障子を閉めた。

何がはじまるのだ。

不安になり、膝を抱えて縮こまっていると、廊下をこちらに近づく足音がして、障子が開けられた。

四

丸くした目を向けた若い男を見た真十郎は、納得した。

なるほど、間抜けな顔をしている。

文右衛門から一連の話を聞き、美人局《つつもたせ》に違いないと思った。逃げ帰った文一郎のところに間を置かず女が現れたのも、辰三の恐ろしさを植え付けるためだ。

尾張《おわり》名古屋の城下で用心棒を請け負った時、同じようなことがあった。

妻と密通した男に、必ず殺す、と息巻いていた亭主は、二十日のあいだ何も言わず、無言の恐怖を植え付けた後に、相手が承諾しそうな和解の条件を言ってきた。美人局を疑った真十郎は、脅してきた男を締め上げて、白状させたのだ。

おそらく辰三も、その手口だろう。

女は町を出てなどおらず、今ごろは二人で、いくら取ろうか舌なめずりをしているはずだ。

「ゆくぞ」

真十郎の声に、文一郎がびくりとした。

「ど、どちらに」

「お前が寝ていた家に案内してもらおう。おそらくそこが、美人局を仕掛けた者どもの住処《すみか》だ」

「つつもたせ……。まさか、女もぐるですか」

「おれの勘が外れていたとしても、このままでは外に出ることもできないだろう。向こうが来る前に話をつけに行く」

文一郎は戸惑った顔を向けた。

「二人で、行くのですか」

「そうだ」

「やめたほうがよろしいかと。辰三には、浪人が付いています」

「おれ一人では不安か」

「いえ、そうではなくて……。親は、親は納得しているのですか」

思いついたように言う文一郎に、真十郎は顎を引く。

「先ほど納得してもらった」

すると文一郎は、そうですか、と言って、肩を落とした。

「心配するな。命は守る」

外へ出るよう促すと、文一郎は悲壮な顔をして立ち上がった。

廊下で待っていた絹が歩み寄り、文一郎に包み紙を渡した。

「辰三が月島様の話を聞こうとしない時は、これを渡しなさい。二十両あります」

文一郎は押し返した。

「おっかさん、美人局なら、こんなはした金じゃ納得しないよ。百両は出せと言うに決まっている」

「そんな大金……」

驚く絹に、真十郎が言う。

「おかみ、ここは任せていただこう。文一郎殿には指一本触れさせぬ」

軽くひねり上げて悪事を白状させるつもりの真十郎は、文一郎を連れて店を出た。

「女と寝ていた家は覚えているな」

「はい。夜道を逃げたので知らない土地だと思っていましたが、冷静になってみると、近くでした。浅草寺の裏まで行けば、はっきり思い出せるはずです」

「うむ。では参ろう」

大通りを吾妻橋に向かった文一郎は、途中で左に曲がり、花川戸町《はなかわど》を通って浅草寺の裏へ回った。

「たしか、このへんです」

そこは、浅草田町一丁目の、表通りだ。

文一郎は、顔を左右に向けて、店の看板を見ながら歩んでいる。そして程なく、立ち止まった。

「ありました。そこの、招き猫を描いている米屋の看板に覚えがあります」

指し示していた腕を、米屋の反対側の路地に転じた文一郎が、ここから出たはずだ、と言って、怯えた顔で足を踏み入れる。

真十郎が続いて路地に入ると、どぶの匂いが鼻をついた。

「たしか、この家です」

文一郎は、閉められている板戸を示した。路地に向かって窓はなく、二階まで焼き板が打ち付けられた、なんとも怪しげな家だ。

真十郎が板戸に手をのばしてみる。戸締まりがしてあり、びくともしない。

路地を回ってみると、その先には畑が広がっていて、家の敷地との境は低い板塀のみで、庭をうかがい見ることができた。

家の中から、女の笑い声がした。

縁側に出て来た女を見て、文一郎が息を飲むのが分かった。

「あの女か」

真十郎の問いに、文一郎がこくりとうなずく。

その文一郎の腕を引き、庭に足を踏み入れる。

すると、女が気付いて目を見張り、家の中に叫んだ。

「あんた！　文一郎が侍を連れて来たよ！」

乱れた着物の裾を引き寄せて下がる女の背後から、長脇差《ながどす》を持った男と浪人が出て来た。

「やい文一郎、てめえ、用心棒を雇いやがったな！」

臆さず大声をあげる男に、文一郎は小さな悲鳴をあげて、真十郎の後ろに隠れた。

「辰三とやらに、話がある」

真十郎に応じたのは、長脇差を持つ小柄な男だ。

「こちとら話はねえし、侍なんざ怖くもなんともねえ」

「お前が辰三か」

「だったらどうした」

「女を使って中里屋を脅すのは、終わりにしろ。約束するなら、美人局のことは見逃してやる」

「何が美人局だ。そいつは、おれの女をたぶらかしやがったんだ。許さねえよ。店をぶっ潰してやらあ。先生、追い払っておくんなさいよ」

「うむ」

応じた浪人が、庭に下りて来た。

真十郎と対峙《たいじ》して鯉口を切り、抜刀する。

「抜け」

真十郎は、侍を見据える。

「おぬし酒臭いな。やめたほうがよいのではないか」

すると浪人は、薄笑いを浮かべた。

「酒は、力の源よ。抜け」

「よいのか、抜いて」

「言うておる！」

　浪人が刀を正眼に構えたので、真十郎は鯉口を切り、愛刀の備前光平を抜いた。右手に下げたまま構えない真十郎であったが、隙はまったくなく、身体から発する剣気に、対峙している浪人は早くも焦りの色を浮かべ、脂ぎった顔に汗が流れた。

「やー！」

　恐怖を払いのけるように気を吐き、刀を振り上げた。左の肩から袈裟懸《けさが》けに打ち下ろされた一撃を、真十郎は光平で受け止め、押し返す。

「てや！」

　ふたたび斬りかかる浪人の太刀筋《たちすじ》を見切った真十郎は、刃をかい潜《くぐ》り、すれ違いざまに光平を一閃した。

「うっ」

　短い声をあげた浪人は、刀を落とし、両手で腹を押さえて膝をつくと、泡を吹いて仰向《あおむ》けに倒れた。

　峰打ちにしていた光平の柄《つか》を転じて刃を下に向けた真十郎が、辰三に鋭い眼差しを向ける。

「手を引かぬなら、斬る」

辰三は長脇差を捨てた。

「わ、分かった。こんりんざい、文一郎に近づかない。だから、帰ってくれ。な、頼む。いや、頼みます」

真十郎は、刀を鞘に納めた。すると辰三は、一目散《いちもくさん》に家の中に逃げた。

女は怯えた顔を真十郎に向けたまま後ずさりして、辰三を追う。

息を吐いた真十郎は、文一郎に振り向いた。すると文一郎は、顔を蒼白《そうはく》にして、倒れた浪人を見ていた。

「殺したのですか」

「峰打ちだ。そのうち目を覚ます」

文一郎が驚いた顔を向ける。

「仕返しをされませんか」

「さあな。その時はその時だ」

帰るぞ、と言って、真十郎が庭の外へ歩みを進めると、文一郎は慌てて付いて来た。

路地から表通りに出たところで、真十郎は腹をさすった。

「腹がすいた。このあたりに旨《うま》い店はないか」

「そうですねぇ、何がよろしいですか？」

「甘いものでなければ、なんでもよい」

「では、うなぎはいかがですか。吾妻橋の近くに、六兵衛《ろくべえ》という名の店があります」

「うむ。案内してくれ」

「行きましょう」

　笑顔で応じた文一郎の案内で行った六兵衛は、春から師走《しわす》まではうなぎを食べさせ、真冬はすっぽんを食べさせるという。

　すっぽんは旅先で一度食べたことがあるが、選んだ店が悪かったのか、真十郎は旨いとは思えなかった。以来、一度も口にしていない。

　うなぎは数々食べているが、これまでの一番は、諏訪湖《すわこ》の店で食べたものだ。

　六兵衛が出したのは、背開きの白焼きだった。

　少しのわさびと塩で食べるのがいいという文一郎に従って、一口食べた真十郎は、思わずうなった。

「旨い。泥臭さがないぞ」

「それが自慢らしいです」

酒をすすめながら言う文一郎の顔からは、暗い陰が消えている。

盃《さかづき》の酒を飲んだ真十郎は、早々と辰三に手を引かせたことを後悔していた。来たばかりで用心棒がお払い箱となれば、もらえる手当も少ないと思ったのだ。

それと同時に、旅先で用心棒をしていたせいか、こういう時にも金勘定をする己のさもしさに嫌気がして、苦笑いをする。

文一郎が手酌で酒を飲み、そういえば、と言って、真十郎に顔を向けた。

「月島さんの剣術は、なんという流派なのですか」

「なぜ知りたいのだ」

「正直申し上げて、初めてお会いした時は、あのようにお強いとは思えなかったものですから、驚きました。なんて言えばいいのか、刀を抜かれた時に、なんだか身体が大きくなったように見えましたので、習えるなら、道場に通いたいと思いまして」

「町方の者が剣を習うのが流行《はや》っていると聞いていたが、本当のようだな」

「近ごろは、物騒ですからね」

「押し込みが増えているのか」

「そうではなくて、お役人があまり町のことに構わないといいますか。うまく言えないのですが、そのせいで、辰三のようなのが増えている気がします。おとっつぁんは、御老中が代わられたせいだと言っています」

「そうか」

　真十郎は、己にも、他人にも厳しかった父沖綱のことを想い、静かに酒を飲む。

答えを待っている文一郎の眼差しに気付いて、盃を置いた。

「おれの剣は、限流だ」

「げんりゅう」

「うむ」

「どこに行けば、習えますか」

「江戸に道場はない。修行の旅で編み出した独自の剣だ。先に言っておくが、人に教える気はない」

「そうおっしゃらずに教えてください。稽古代はたっぷりお支払いしますので」

「断る」

　話の途中から身を乗り出していた文一郎が、肩を落とした。

「剣術を教えてくれる道場はいくらでもある。そこへ通ったらどうだ」

「はあ」

文一郎は気のない返事をして、それからはほとんど口をきかなくなった。

五

食事をすませた真十郎と文一郎は、大通りを通って、雷門が右手に見えるところまで帰った。

その時、真十郎は足を止めた。目の前の人混みの中に、見覚えがある顔を見つけたのだ。

「秋乃《あきの》？」

総之介の妹に似ている。

細面《ほそおもて》の顔は、秋乃に間違いなかった。総之介が妹を残して逃げるはずはない。思ったとおり、総之介は江戸から逃げていないのだ。

真十郎の胸の鼓動が早まった。

「秋乃！」

声を発したが、参拝客を呼び込む土産屋《みやげや》の声と重なり、気付かない秋乃は人混みに紛《まぎ》れて見えなくなった。

ここで見失えば、二度と会えないかもしれない。

焦った真十郎は、文一郎を見た。突然女の名を呼んだので、不思議そうな顔をしている。

「すまないが、先に帰ってくれ」

「どうしたのです？」

「すぐ戻る」

文一郎の背中を押して、団子屋《だんごや》の前で別れた真十郎は、秋乃を追った。

総之介が切腹を恐れて逃げたというのが信じられなかった真十郎は、普請場で働く合間に、彼が師範代をしていた浅草の剣術道場を訪ねたことがある。

総之介が通っていた志衛館《しえいかん》は、浅草の東本願寺《ひがしほんがんじ》の近くにある。

真十郎が訪ねた時、志衛館の者はみな警戒していた。公儀の者だと思われたかもしれないと思い、古い友だと言うと、少しは気を許したように思えたものの、誰も、総之介の行方を知らないと口を揃えていた。

本当は繋《つな》がりがあり、匿《かくま》っているのかもしれない。

秋乃は、志衛館から出て来たのではないか。

父の仇を見つけるためには、なんとしても総之介に会わなければならないと思っている真十郎は、秋乃を追って走った。

だが、吾妻橋まで行っても秋乃を見つけることはできなかった。蔵前《くらまえ》に向かう道に曲がったのかもしれないと思い引き返したが、人が多く、秋乃の姿を見ることはできない。

見失ったことをはがゆく思った真十郎は、手当をもらった足で志衛館に行くと決め、中里屋に戻った。

ところが、文一郎はまだ帰っていなかった。

団子屋の前で別れたあと、剣術を習える道場を探しに行ったのだろうか。

そう思うと同時に辰三の顔が浮かんだ真十郎は、中里屋から駆け出して、団子屋まで引き返した。別れる時、団子屋の老婆が客と思い込み、店先まで出て見ていたので、どっちに行ったかくらいは覚えているかもしれないと思ったのだ。

外の長床几《ながしょうぎ》で休んでいる客のあいだを通って店に入ると、老婆に訊いた。

「先ほど店の前で別れた中里屋の息子を覚えているか」

すると、茶を湯飲み茶碗に注《つ》いでいた老婆が、亭主に不安そうな顔を向けた。

団子を丸めていた亭主が手を休め、気の毒そうな顔をする。

「中里屋の若旦那でしたら、寅松親分に連れて行かれましたよ」

「とらまつ？　辰三ではないのか？」

「いいえ、寅松親分です」

いやな予感がした。

「何者だ、そいつは」

「この浅草を牛耳《ぎゅうじ》っているやくざの親分ですよ」

やくざと聞いて、辰三の顔が浮かんだ。不覚にも、跡をつけられていたか。

老婆が客に茶を出して、心配顔を向けた。

「旦那、中里屋の若旦那は、何をやらかしたので？」

真十郎は答えずに訊く。

「辰三は、寅松と繋がっているのか」

「子分と同じようなもんですよ。寅松親分の名を出して、好き勝手やるもんですから、このあたりの者は、用心棒代なんてものを取られて、どうにも迷惑しているんですよう」

「おい、大きな声で言うな」

店のあるじに言われて、老婆は首をすくめた。

真十郎は焦った。

「その寅松とやらの家を教えてくれ」

「行かれるので」

「文一郎の用心棒ゆえ、放ってはおけぬ」

「ははあ、用心棒」

さすがは中里屋さんだと感心した店のあるじから家の場所を聞いた真十郎は、浅草花川戸町の道を北へ向かった。

寅松の家は、今戸町の茶屋街の中にある。間口三間ほどの家は表の戸が閉められ、ひっそりしていた。

表に立った真十郎は、ためらうことなく戸を開けた。すると、広い土間の奥の正面に、辰三がいた。

板の間の上がり框《がまち》に座っている辰三が、ざまあみろ、と言わんばかりの、勝ち誇った笑みを浮かべた。

「やはり来なすったね、旦那」

人を馬鹿にした態度の辰三に、真十郎が鋭い眼差しを向ける。

「文一郎はどこだ」

「連れて帰らなきゃ用心棒代をもらえないってことなら、寅松親分が一日一両で雇ってもいいとおっしゃってますぜ、旦那」

真十郎は、刀の鯉口を切った。

途端に、辰三の顔から笑みが消える。

「おっと、待っておくんなさいよ。旦那には敵《かな》わねぇから」

そう言って懐に手を入れた。

前に出ようとした真十郎に、辰三が慌てた。

「慌てちゃいけませんぜ、旦那。刃物はなしだ」

ゆっくり出したのは、手紙だった。

「ここにいるのはあっし一人だけだ。寅松親分が、こいつを中里屋の文右衛門に渡してほしいそうですぜ」

「何が書かれている」

「あっしが知るわけもねえ。返事は、今日の暮れ六つに持って来な。ここで待っているからよ」

辰三は手紙を上がり框に置き、油断なく下がると、裏口から去った。

柄頭を押して刀を鞘に納めた真十郎は、手紙を取り、中里屋に帰った。

一人で店に入る真十郎を見て、帳場で待っていた文右衛門が出て来た。

「月島様、息子は一緒ではないのですか」

「すまぬ。寅松というやくざにさらわれていた」

「なんですって！」

文右衛門の大声に、客たちが注目する。

周囲の様子が目に入らぬ文右衛門は、馬鹿だ、間抜けだと、容赦のない罵声《ばせい》を真十郎に浴びせる。

「何が任せておけだ。そんなのでよく、用心棒を引き受けたね。信じられないよ、まったく」

「必ず助ける。これは、寅松からだ。何が書いてあるか読んでくれ」

文を差し出すと、真十郎を睨《にら》みながら手に取った文右衛門が、開いて目を通した。読み進めるうちに、文右衛門の顔色が変わった。

「こ、これは……」

手も震え、額にはいつのまにか、玉の汗が浮かんでいる。

そこへ、妻の絹が奥の部屋から来た。

「どうしたのです、大きな声が裏まで聞こえていましたよ。月島様、文一郎がどうかしたのですか」

真十郎が答える前に、文右衛門が口を開いた。

「お客の耳に入れることではない。奥へ行こう。お前さんも来てくれ」

応じた真十郎は、文右衛門に従って奥の部屋に入った。

上座に座った文右衛門は、最後に入った絹が襖を閉めるのを待って教えた。

「文一郎が、寅松にさらわれた」

悲鳴に近い声をあげて驚く絹に、文右衛門が手紙を渡して言う。

「文一郎を返してほしければ、店を閉めて町から出て行けと書いてある。辰三を裏で操っていたのは、寅松だったのだ。わたしが月島様を雇ったりしなければ、文一郎はさらわれなかったかもしれない。月島様が文一郎を連れて出さえしなければ、嫌がらせだけですんでいたかもしれないんだ」

「お前様、奉行所に届けましょう」

文右衛門は顔を横に振った。

「相手は寅松だ。そのようなことをしてみろ、文一郎の命はない」

「では、寅松の言うとおりに、店を閉めてよそに行きましょう」

焦る絹に、文右衛門は苦渋の顔をした。

「それだけは駄目だ」

「お前様――」

「駄目だ」

「ではどうするのですか」

「わたしにも分からないよ。奴は、寅松は、わたしたち家族を恨んでいるからね」

苛立《いらだ》つ文右衛門に、真十郎が神妙な顔で言う。

「文一郎がさらわれたのは、おれのせいだ。必ず助けるゆえ、寅松に恨まれるわけを話してくれぬか」

「聞いてどうするのです」

「寅松をあきらめさせる糸口を探す」

「無駄ですよ。逆恨みもいいところですから。そんな奴が、人の言うことなど聞きやしないでしょう」

「逆恨み？」

「ええ」

「それでも何か手はあるはずだ。話してくれ」

文右衛門は太い息を吐き、真十郎に険しい顔を向けた。

「では、浅草寺裏の、万隆寺《まんりゅうじ》でお話しします」

六

手足を縛られて怯える文一郎に、寅松は、憎しみを込めた眼差しを向けていたが、やおら立ち上がり、長脇差の鞘のコジリで腹を打った。

痛みに苦しむ文一郎に、顔を近づける。

「痛いか。こうなったのは、お前のじじいのせいだ。もうすぐあの世に送ってやるからよ、文句はじじいに言え」

寅松が顎を振って指図すると、子分が拳をつくり、指の関節を鳴らした。

「やめて、やめてくれ」

殴る蹴るの暴行を受けて呻《うめ》く文一郎に、寅松は恨みに満ちた眼差しを向けている。

復讐《ふくしゅう》の光が宿る目の奥に、中里屋を恨め、と言って、子供だった寅松の目の前で首を吊《つ》った父親の姿がよみがえる。

優しかった母は、父が残した借財の取り立てを恐れて家から出たのだが、すぐに追手が迫り、寅松を抱いて大川へ身投げした。

川に浮いていた寅松を助けてくれたのは、当時浅草を牛耳っていた先代の親分だ。人情に厚い親分は、丸二日も人を出して母親を探してくれたが、見つけることはできなかった。

寒い時期のことだったので、生きてはいないと言われ、あきらめるしかなかった。

その日から、寅松はやくざの家で育てられ、今に至っている。

先代の後を継いで一家の親分になり、父親と同じ年になった今年、町奉行所に顔が利く中里屋の先代が死んだ。

寅松は長年、この時を待っていたのだ。

寅松の父親と、文右衛門の父親は店も近く、親友と呼べる仲だった。なので寅松は、文右衛門を兄と慕い、どこへ遊びに行くにも付いて行った。

だが、幸せな日は続かなかった。店の繁盛に気分をよくした寅松の父親は、若い男の誘いに乗って博打《ばくち》にのめり込んでしまい、気付いた時には多額の借財をこしらえていたのだ。

売り物の蠟燭《ろうそく》を仕入れた節季の払いができないことに焦った父親は、店を守るために文右衛門の父親に助けを求めたのだが、手のひらを返され、見捨てられた。妻だけでなく、寅松まで借財の形に取られそうになった父親は、幼い寅松に中里屋を恨めと言い残し、命を絶ったのだ。

両親を失って一年もたたないうちに、中里屋は今の場所に店を構えた。育ててくれた親分が、店を買うために金を貸さなかったのだろうと教えてくれた。借財をしたお前のおとっつぁんも悪いが、おれなら、助け舟を出していただろうとも言われて、父親が残した、中里屋を恨めという言葉が頭にこびりついた。

店を移転し、浅草でも名の知れた繁盛店になっている中里屋を恨みながら成長した寅松は、父親を見捨てて手に入れた今の店から文右衛門と家族を追い出すことで、復讐を果たそうとしているのだ。

「今こそ、中里屋を浅草から追い出してやる」

自分に言い聞かせた寅松は、殴られて悲鳴《は》をあげる文一郎に眼差しを向けた。

「もういいだろう。血が染みた着物を剝ぎ取って、中里屋に送ってやれ。早いとこ町から出ねぇと、次は倅を棺桶《かんおけ》に入れて送ると言え」

寅松の命に従った子分たちは、文一郎から着物を剝ぎ取り、一番下の若い衆に押しつけた。

出ていく子分を見て、寅松は苛立ちの息を吐く。

真の仇は、父親をいかさま博打にはめた野郎なのだが、これまで長年探して、分かっているのは若い金貸しだったということのみだ。当時を知る人間は、地の者ではなかったはずだというだけで、名前すらつかめていない。当時父親が通っていた賭場はなく、きれいさっぱり、姿を消している。

これには何か、大きな力が働いている気がする。

そう言った先代が、父親に借財を作らせた者を探すのをやめるよう言い残しているが、今となって思えば、相手が誰なのか知っていたのかもしれない。手を出すなと言い残したのは、一家を守るためかもしれないのだ。

だが、寅松の胸の奥には、必ず見つけ出す、という熱意が残っている。

その前に、親父を見捨てた中里屋を町から追い出してやる。

寅松は、ぐったりしている文一郎の前に行き、腫《は》れている顔の顎をつかむと、口にむりやり焼酎を流し込んだ。

口の中が切れている文一郎は、赤く染まった焼酎を吐き出し、咳《せ》き込んだ。

寅松が立ち上がり、子分に命じる。

「目障りだ。奥に閉じ込めておけ」

七

「父は、返って来る見込みのない金を貸さなかった。あの時にはもう、今の店を買うことが決まっていて、金が必要でしたからね。でもね、旦那。親友の死を知って、人目をはばからず泣いていましたよ。あんな父を見たのは、その時が最初で最後だった」

寅松との因縁《いんねん》を隠さず話した文右衛門は、万隆寺に眠る親の墓に手を合わせた。その隣には、古びた墓標がある。寅松の両親の墓だと教えた文右衛門は、代わって墓守《はかもり》をするよう父から遺言されたと言い、線香を供えて手を合わせた。

ゆがんだ恨みだが、寅松の中里屋に対する念は深い。

真十郎は、文一郎の命を助けるために、ここは寅松の言うとおりに町を出ていき、別の地で商売をしてはどうかとすすめた。

だが、文右衛門は首を横に振る。

「商売は、そのように甘いものではございませんよ。今の店があるならともかく、閉めて別の地で一からやり直すとなると、先が見えない。下手をすると潰れるでしょう。多くの奉公人を路頭に迷わすことになりかねないので、脅しに屈して、出ていくわけにはいきません」

「しかし、文一郎の命がかかっているのだぞ」

「そのための、用心棒ではないですか。月島様、なんとかして、文一郎を助けてください。このとおりです」

文右衛門は必死の顔で頭を下げた。

約束の暮れ時にはまだ間があるので、一旦店に帰って策を考えることにした真十郎は、文右衛門と寺を出た。

店の前まで帰ると、慌てて出た手代と鉢合わせになった。

文右衛門に気付いた手代が、大変です、と、青い顔で訴える。

「どうした」

訊く文右衛門に、手代が中に急いでくれと言うので、真十郎も続いて店に入った。

奥の部屋に行くと、母親の絹が、届けられたばかりの着物を見せ、涙ながらに言う。

「店を閉めて町から出ないと、次は棺桶を送ると……」

息子を心配して泣く絹に、文右衛門は苦渋の顔を向けて黙っている。

文一郎のことを心配しつつ、大勢の奉公人のことも考えているのだろう。

「すまないお絹。わたしは、この店を閉めることはできない」

驚いた顔を上げる絹に、文右衛門は辛そうにうつむいた。

「すまない。中里屋のあるじとして、奉公人を路頭に迷わすことはできない」

絹は泣き崩れた。

この時真十郎の頭に、浪人になった家臣たちのことが浮かんだ。扶持《ふち》を失い、苦難の暮らしをしているだろう。武家も商家も、人の生涯を背負う者の重みは同じだ。血を分けた息子より、奉公人の暮らしを守ろうとする文右衛門の覚悟を見せられた真十郎は、愛刀光平を手に立ち上がり、帯に差した。

「文一郎は、おれが必ず助け出す」

そう言って店を出ると、今戸町にある寅松の家に向かった。

吉原に通う男たちが、今戸町の茶屋に駕籠《かご》を走らせている。

道に連なる駕籠に交じって今戸町に行った真十郎は、寅松の家の戸を開けた。

土間の奥で、辰三が待っていた。

「旦那、いい返事でしょうね」

それには答えず歩みを進めた真十郎は、刀の柄に手をかけるなり、抜刀術で光平を一閃した。

「ひっ!」

辰三が驚いて身を縮める。

「なな、何しやが——」

怒鳴ろうとした辰三の眉間《みけん》に、光平の切っ先がピタリと向けられた。

声を失い、黒目を中に寄せる辰三に、真十郎が言う。

「文一郎はどこだ」

「し、知らねえ」

切っ先が眉間の肌を薄く裂いた。

悲鳴をあげた辰三は後ずさりしたが、真十郎は迫り、刀を振り上げる。

「もう一度だけ問う。文一郎はどこだ!」

顔を押さえた辰三の指のあいだから、血が流れている。

「言わぬなら、貴様に用はない」

真十郎は目を見開き、刀をさらに振り上げる。

「待ってくれ!」

恐怖に引きつった声を発した辰三は、言うから斬らないでくれと叫んだ。

刀を下ろして鞘に納めた真十郎は、下緒《さげお》で辰三を縛り、案内させた。

向かったのは、金杉村《かなすぎむら》にある高川左膳《たかがわさぜん》という旗本の抱え屋敷だ。

たんぼに囲まれた屋敷は、近づくものがあれば容易に見つけられるため、守る側にとっては都合がよく、攻める側には厄介だ。

寅松はその屋敷で、百姓町人を相手に賭場を開いていたらしいが、今はやめていて、旗本に金を渡して隠れ家にしているという。

「どうなっても、知らねえぞ」

毒づく辰三の腕を自由にしてやり、妙な真似《まね》をすればその場で斬ると脅した。

恐れて口を閉じる辰三の背中を押し、屋敷に近づいた。木戸の前にいた見張りの者が警戒の眼差しを向けてきたが、前を歩くのが辰三だと知って気を許す。

「親分が待っているぜ」

「お、おう」

「うん？　どうした、その顔の傷は」

「なんでもねえ。町のごろつきともめただけだ」

この時辰三が目配せをした。

仲間はちらりと真十郎を見たが、木戸を開けて中へ促す。

辰三に続いて真十郎が入ると、見張りの男も入って木戸を閉め、閂《かんぬき》を落として戸締まりをした。

「親分は離れだ」

うなずいた辰三が、裏門の近くにある離れに向かう。母屋と思《おぼ》しき建物には誰もいないらしく、静まり返っている。それとは反対に、藁《わら》ぶきの小屋からは青白い煙が出ていて、近づくと、中から男たちの声が聞こえた。

背後に気配を感じて目を向けると、子分たちが四人ほど付いてきていた。

先ほどの見張りが走って離れに入ると、中の声がにわかに大きくなり、縁側の外障子が荒々しく開けられ、やくざ者が十数人出て来た。

辰三が、怯えた顔で振り向く。

「旦那、約束どおりご案内したのですから、行ってもいいですかい」

「よかろう」

涼しい顔で即答した真十郎が、突き放す。

「どこにでも行け」

立ち止まる辰三を横目に、真十郎は歩みを進めた。

背後で辰三が叫ぶ。

「この野郎は、中里屋の用心棒だ！　文一郎を力ずくで取り戻す気だ！」

「なんだと！」

「野郎！」

長脇差を抜くやくざたちが、柄につばを吐いてにぎりしめ、喧嘩《けんか》剣法の構えをしている。まともに剣術を習ったことのない構えは、隙だらけだ。しかし殺気だけは、並のものではない。

その中でも、右手にいるやくざが真十郎を睨み、隙あらば斬らんと近づく。まとわりつくような、不気味な眼差しだ。

その者を一瞥《いちべつ》した真十郎は、派手な着物を着た人相の悪い男に言う。

「貴様が寅松か」

「おうよ。若造、ここをどこだと思っている。旗本の屋敷だぞ」

「ならば、高川左膳殿と話をしてもよいが、それでは貴様のほうがまずいのではないか」

いかにも知り合いのように、はったりをかけると、寅松はしかめっ面をした。

何者か探る眼差しを向けてきたが、真十郎は動じない。

寅松が睨む。

「ふん。まあいい。その度胸だけは認めてやるが、一人でおれたちの相手をする気か」

「話は中里屋から聞いた。逆恨みをやめて文一郎を返すなら、命は取らぬ」

寅松は笑い飛ばした。

「聞いたか野郎ども。たった一人でおれたちを斬るだとよ。寅松一家もなめられたものだ」

子分たちが鼻先で笑う。

寅松は真顔になり、憎々しげに言う。

「斬れるものなら斬ってみやがれ。文一郎も道連れにしてやる」

「そのような脅し、おれには通用せぬ」

光平の鯉口を切ると、寅松が下がった。

「先生！　先生！」

寅松の大声に応じ、子分を押しのけて現れたのは、長身の侍だ。用心棒として雇われている男は、総髪に、黒い着物と袴を着けた剣客風だ。

やおら抜刀した侍が、じわりと間合いを詰める。鋭い眼差しを向けた刹那、気合いとともに斬りかかってきた。

抜刀しざまに相手の刀を弾《はじ》き上げた真十郎は、返す刀で手首を狙った。

その一撃を受け止めた侍と鍔《つば》迫《ぜ》り合いとなり、互いに肩をぶつけ、飛び離れる。

左足を踏ん張った真十郎のわらじの紐《ひも》が切れた。左足が滑った一瞬の隙を見逃さない侍が、猛然と迫る。

「えい！」

打ち下ろされた刀を光平で払った真十郎は、離れて構えなおす。

脇構えのまま迫る相手に対し、真十郎は正眼で応じる。

「むん！」

気迫とともに打ち下ろされた一刀を受け流しつつ前に出た真十郎は、相手の胸を斬り上げた。

だが、相手もそうとうな遣い手。着物を斬ったのみでかわされ、両者振り向きざまに、斬り下ろす。

僅かに、真十郎の剣が勝った。

額から血を流した侍は、信じられぬ、という顔を真十郎に向けた直後に横向きに倒れ、身体から力が抜けた。

頼みの用心棒が倒されたことで、子分たちは声を失っている。

そんな中、まとわりつくような眼差しを向けていた子分が斬りかかってきた。

真十郎は光平の柄を転じつつ一撃をかわし、子分の背中を峰打ちにした。

激痛にのけ反った子分が、長脇差を落として倒れた。

それを機に、他の子分たちが襲いかかる。

だが、やくざの喧嘩剣法が真十郎に敵うはずもない。

同時に二人を峰打ちに倒した真十郎は、背後に迫る敵の額を振り向きざまに打つ。

次の敵は肩の骨を砕き、また別の者は、足の脛《すね》を払う。

真十郎の凄《すさ》まじい剣を声も出せずに見ていた寅松は、最後の一人が倒されると、刀を捨ててきびすを返した。

太ももに小柄《こづか》が突き刺さったのは、その直後だ。

「うお」

激痛に声をあげて倒れた寅松は、這《は》って逃げようとした。その目前に長脇差が突き立てられ、声にならない悲鳴をあげた。

仰向けになった寅松の喉に、光平の切っ先を突きつける。

「おれが悪かった。い、命ばかりは、命ばかりは助けてくれ。おれはここで、死ぬわけにはいかねぇんだ。親の仇を取るまでは死ねねえ」

「まだ言うか。文右衛門は、墓に来ぬ貴様に代わって親の供養《くよう》をしているが、お前はどうなのだ。あの世から見ている親に、胸を張れる男なのか」

「おれが墓に行かねぇのは、いまだ仇を討てず、親に合わす顔がねぇからだ」

「それゆえ、中里屋を町から追い出そうとしたのか」

「悪いか。おれの縄張りの浅草にいやがったら、目障りなんだよ。親父の悔しそうな顔を、思い出しちまうんだ」

「その親父も、中里屋を恨むしか無念をぶつけられなかったのではないのか。借財をした相手は、それほど大きな相手なのか」

「相手が分かっていたら、誰であろうと容赦しねぇ。おれが殺したいのは、文右衛門なんかじゃねえ。親父をいかさま博打にはめた野郎だ。文一郎は返す。だから、見逃してくれ」

「嘘ではあるまいな」

「嘘じゃねえ。見逃してくれるなら、中里屋には二度と手を出さねえ」

「いいだろう」

真十郎は、光平を鞘に納めた。

死んだと思っていた剣客が息を吹き返して起き上がったので、寅松が悲鳴をあげた。

剣客は、血に汚れた額を押さえ、苦痛の顔をしている。真十郎とは、目を合わせようとしない。

真十郎が言う。

「頭の皮を斬っただけだ。医者に見せてやれ。文一郎はどこだ」

「離れの奥にいる」

観念した寅松に真十郎はうなずき、離れに向かった。

裸で縛られていた文一郎が、顔を見るなり呻《わめ》いた。

猿ぐつわを取ってやると、怖かったと泣き喚く。

「いい年をして泣くな」

真十郎は、夜着を引き寄せて肩にかけてやり、文一郎を連れて外に出た。

寅松たちは慌てて逃げたらしく、誰もいない。

屋敷から出た真十郎は、町で駕籠を雇い、文一郎を乗せて中里屋に帰った。

文右衛門夫婦が息子の無事を喜んだのは言うまでもない。

二度と手を出さぬと寅松が約束したことを告げると、

「何かございましたら、また是非、お助けくださいい」

文右衛門はそう言い、十両もの礼金を差し出した。

これだけあれば、しばらくのあいだは父の仇を捜すことに専念できる。

真十郎は礼金を受け取り、中里屋をあとにした。

夜道を歩み、吾妻橋を渡ろうとした時、前から二人連れの女が渡って来た。

提灯で芸者の足下を照らしているのは、秋乃だ。

すれ違いざまに、真十郎が声をかけた。

「秋乃殿」

顔を上げて立ち止まった秋乃が、まるで亡霊でもみたかのように驚き、ふっ、と、気を失った。

倒れる寸前で身体を受け止めた真十郎に、芸者がきつい眼差しを向ける。

「ちょいと、何するのさ」

「悪気はなかったのだ。何年かぶりに出会ったので、驚いたのかもしれぬ」

「へえ、お侍さんは、この子とお知り合いですか」

「秋乃殿の兄の、幼馴染《おさななじみ》だ」

秋乃を背負う真十郎に、芸者が訊く。

「お名前をお教えくださいな」

「月島だ。家まで案内してくれ」

「月島様……」

上から下まで品定めした芸者が、こっちですよ、と言って、先に歩んだ。

付いて行くと、浅草並木町に向かった。表通りから路地を入ったところにある一軒家に、二人で暮らしているという。

座敷に上がり、秋乃を火鉢のそばに横にさせた。

駒《こま》と名乗った芸者は、総之介が馴染みの客だったと教えた。秋乃を住み込みで雇う形で、面倒をみていたのだ。

お駒は、気を失っている秋乃に、哀れむ顔を向けた。

「総之介様も罪なお人ですよ。たった一人の身内を置いて、いなくなるなんて」

家に現れた総之介は、秋乃をしばらく預かってくれと頼み、そのまま姿をくらましていたのだ。

「お酒飲みましょうね、寒いので」

お駒がそう言って台所に行ったので、真十郎は秋乃を抱き起こし、活《かつ》を入れた。

目覚めた秋乃が、真十郎を見て目を見張り、若様、と言おうとしたので、口に手を当てて黙らせた。

「何も言わず聞いてくれ」

秋乃はうなずいた。

口から手を離すと、十六歳の乙女は恥じらうように身なりを整え、正座した。

真十郎は、お駒が台所で支度をしている音を聞き、声を潜める。

「おれは死んだことになっている。今は月島と名乗っているゆえ、誰にも言わないでくれ。よいな」

秋乃は無言でうなずく。

「総之介の居場所を知っているか」

無言で首を横に振る秋乃は、真十郎から離れた。総之介を捜しに来たと警戒したのだろう。

「おれは総之介を助けたいのだ。秋乃殿から、そう伝えてくれぬか」

「どこにいるのか、分からないのです」

「総之介がそなたに会いに来た時でよい。必ず伝えてくれ」

こくりとうなずく秋乃に顎を引いた真十郎は、お駒にまた来ると声をかけ、見送ろうとする秋乃を止めて、家から出た。

外まで見送りに出て来たお駒が、旦那、と声をかけて駆け寄る。

「必ずまた来てくださいな。秋乃ちゃん、寂しがっていますから」

「分かった。おれからもよろしく頼む」

「あい」

科《しな》をつくって見せるお駒に微笑《ほほえ》んで顎を引き、夜道を歩む。

真十郎を見送るお駒は、魅惑の笑みを浮かべている。

第二章　逃げた母娘

一

目を覚ました月島真十郎は、柔らかな手触りに首をもたげた。

ぼんやりと見える女の白いうなじから、白粉《おしろい》と鬢付《びんつ》け油の香りがしてくる。

横にいる女は真十郎の腕を左の脇に挟み、眠っているのだ。

手を引き抜こうとすると、女は脇に力を込め、片方の手で真十郎の手をつかんで乳房に押し当てた。

つきたての餅のような手触りだ。

目を覚ました女を抱き寄せて、つきたての餅をもんだ。

中里屋から十両の礼金をもらった夜、真っ直ぐ家に帰る気になれず、馴染《なじ》みの女がいる料理屋に来て、一夜を共に明かしていた。

「旦那、今日はゆっくりできるのでしょう」

身体を転じて甘える女に、

「そうしたいところだが、金がなくなるまでにやることがあるのだ」

真十郎は笑みを浮かべて起き上がった。

女が気だるそうに起き、身支度を整えて階下に行くと、湯を入れた盥《たらい》を持って来た。

顔を洗った真十郎は、軽く朝餉《あさげ》をすませ、また来ると言って店から出た。

深川の東のはずれにある、藁《わら》ぶきの一軒家で暮らす菅沼金兵衛を訪ねると、かつて金兵衛に仕えていた権吉と、その妻菊《きく》が、揃って庭掃除をしていた。

二人は真十郎の正体を知っているが、娘の玉緒には黙っていてくれている。

声をかけると、夫婦は驚いた様子で頭を下げた。

若様、と言いかけた菊を止めた権吉が、申しわけなさそうな顔で歩み寄る。

「真十郎様、今日は、金兵衛様にお会いにならないほうがよろしいかと」

「どうしてだ？」

「お風邪をめされて、床に臥《ふ》せておられます」

「それはいかんな。見舞おう」

「およしください。熱が高くなる質《たち》の悪い風邪ですので、うつるといけません」

「そうか」

真十郎は秋乃に会ったことを言いたかったのだが、今日のところは帰ることにした。袂《たもと》から小判を一枚出し、みなで旨い物を食べてくれと言って渡した。

「遠慮なく、ちょうだいいたします」

そう言って押しいただく権吉と菊に、真十郎は顔を寄せる。

「玉緒には、内緒にしてくれよ」

金に厳しい娘の気性を知っている二人は、隠しごとを楽しむ笑顔で応じた。

また来ると言ってきびすを返した真十郎は、玉緒から借りている家がある深川島田町に帰った。

いつものように、表からではなく勝手口の戸を開けて入ると、見知らぬ女が二人台所にいて、ぎょっとした顔を向けた。

真十郎も目を見開き、

「すまん、家を間違えた」

慌てて路地へ出ようとしたが、路地を挟んだ家の塀の板木が一枚だけ新しいのを見て、立ち止まる。

見慣れた景色に、間違いではないと気付く。

「いやいや、おれの家ではないか」

そう言って振り向くと、女たちが不安そうに見ていた。

母娘《おやこ》だろうか。若いほうは、四十代と思しき女の腕にしがみついている。

真十郎は苦笑いをして訊いた。

「ここで、何をしているのだ?」

「ええ!」

驚きの声が真十郎の背後でしたのはその時だ。

振り向くと、玉緒が目をまん丸にして、開いた口に手を当てている。

「旦那、どうしてここに。用心棒はどうしたのです?」

「要らなくなったので戻って来た」

「要らなくなった?」

玉緒が眉間にしわを寄せる。

「こんなに早くお払い箱って、どういうことです。いったい、何をしたのですか」

「思い違いをするな。中里屋を脅していた相手とけりをつけたのだ。用心棒は、もう必要ない」

「片付けられたのですか」

「うむ」

玉緒が困惑した。

「早すぎる」

「何が」

「いえね、ですから、その……」

弱り顔をする玉緒に、真十郎が先回りをして訊く。

「この者たちは誰だ」

疑う眼差しを向けると、玉緒は苦笑いの顔を横に向ける。

「用心棒の仕事がこんなに早く終わると思わなかったものですから、その……」

「空けておくのはもったいないと思い、貸したのか」

「だって、しばらくかかると思ったんだもの。ですからね旦那、今この家に戻られるのはちょっと……。うふふふ」

笑ってごまかす玉緒に、真十郎はため息を吐《つ》いた。

「おれはどこに寝ればいいのだ。おぬしの家に泊めてくれるのか」

「あらやだ。やもめの家に泊めてくれなんて、いやらしい」

軽くあしらう玉緒は、そうだ、と言って、手を打った。

「おそめさん、どうでしょうね、こちらの旦那に用心棒をしてもらう、ってのは」

お染と呼ばれた四十代の女が、若い女と顔を見合わせ、不安そうな顔を向けた。

玉緒が笑顔で言う。

「心配ないですよ。こちらの旦那は、あたしのおとっつぁんが奉公していた御武家様の親戚ですから、素性は確かです。今話していたように、長引くと思っていた仕事をさっと片付けられたようなので、変なのが来たら、追い返してくださいますよ。ね、旦那」

急にふられて、真十郎は困惑した。話がさっぱり分からない。

玉緒が肘でつつく。

「旦那？」

「うむ？」

「そうでしょ」

「まあ、おれがいる時に曲者《くせもの》が来れば、追い払うことくらいはできるが」

するとお染が、真十郎に言う。

「どうか、娘を守ってやってください」

「娘……」

やはり母娘だったのだ。

揃って頭を下げる母娘に、真十郎は困り顔をした。

「いやしかし、おれは今、やることが――」

言い終える前に玉緒が腕を引き、路地へ連れて出る。

「旦那、そこはうんと言ってくださいな。でないと、今日から宿なしですよ」

「それはないだろう。家賃は払っているのだ」

「まあまあ、話だけでも聞いてくださいな。断るのは、その後でもいいでしょう」

強引な玉緒に、真十郎は腕組みをする。

「誰かに狙われているのか」

「ひどい話ですよ。父親がさ、娘の静恵《しずえ》ちゃんを親子、いいえ、爺《じじい》と孫ほど年が離れた商家のあるじに嫁がせようとしているんですって」

「ほう。何か訳がありそうだな」

「店のためですよ。娘を嫁がせなければ店が潰れるとか言ったそうです。でもお染さんは、店のために娘を売るような真似《まね》をする亭主に見切りをつけて、逃げて来たんです」

自分のことのように不機嫌な玉緒が言うには、母娘の家は、麴町《こうじまち》で丸屋《まるや》という味噌《みそ》屋を営んでいる。あるじの名は、久八《ひさはち》だ。

その久八から静恵を守るために家を出た染が、とにかく遠くへ逃げようと大川を渡り、身を隠せる家を探していた。あてもなく町を歩いている時に、玉緒が芦屋の戸口に貼っていた貸家の紙を見て、頼みに来たのだという。

玉緒は、真十郎から家賃を取っておきながら、留守のあいだ人に貸して小銭を稼ごうとしていたのだ。

がめつい玉緒に、真十郎は冷めた眼差しを向けた。

「御家のために縁を結ぶのは、武家では珍しくない。いや、むしろ世の常だ。相手が年寄りならば、少し我慢すれば男が先にあの世へ行く。娘は静恵殿と申したか」

「ええ、そうです」

「子宝に恵まれていれば、あるじ亡きあとは、静恵殿の天下ではないか。大店《おおだな》で、不自由なく暮らせる」

　玉緒が身体を寄せて声を潜めた。

「あら、気が合いますね。あたしも最初はそう言ったんですよ」

「やはり年寄りは、いやなのか」

「それがね、旦那、詳しく聞けば、そんなうまい話じゃないんです。縁談の相手は、裏の世界では知らない者がいない男ですから」

「ほぉう。誰なのだ」

「大黒屋の伊左衛門という名を聞いたことないですか」

「だいこくやのいざえもん。知らんな」

　玉緒が驚いた。

「これまで旦那は、どこで何をして暮らしていたのです？」

「剣術修行の旅をしていた」

「それは二年や三年でしょう。その前の話です。おとっつぁんに聞いても、どうだったかなぁ、なんて急に物覚えが悪くなるから気になってしょうがないんですよ。ねえ旦那、旅に出る前は、何をされていたの？」

近江野洲《おうみやす》藩五万石の跡継ぎだったと言えるはずもなく、

「その前も、旅をしていた。根っからの、風来者《ふうらいもの》だ」

薄い笑みで言うと、玉緒が上目づかいの顔を寄せる。

「ねえ旦那、よそへ行ったりしないで、引き受けてくださいな。伊左衛門は京橋北で両替屋をしていますけどね、金を貸している大名や旗本の下屋敷などで賭場を開いて、借財を返せない者からは容赦なく妻子を奪い、男児は売り、女は死ぬまで女郎屋で働かせる外道《げどう》なんです。名前を聞くだけで反吐《へど》が出そうになる、悪い男なんですから」

「何ゆえそのような男に、だいじな娘を嫁がせようとするのだ。父親は、伊左衛門とやらの裏の顔を知らぬのではないか」

「知っていると思いますよ。近頃急に、金に困りだしたそうなので、伊左衛門のいかさま賭博にでもはめられて、借財を作った末に娘を差し出そうとしているに決まっています。静恵ちゃんは見てのとおりべっぴんですから、伊左衛門から嫁にくれと言われたのかもしれませんが」

そこまで言って、玉緒がはっとした。

「まさか、嫁入りは嘘で、売る買う、の話じゃ」

「おい、声が大きいぞ」

あ、いけない。と言った玉緒が、振り返って勝手口を見る。

真十郎はこの時、寅松の親のことが頭に浮かんだのだが、三十年前のことなので、別人であろう、と、よそ見をして考えていると、腰を曲げて勝手口を見ていた玉緒がそのままの姿勢で下がってきて、尻が真十郎の手に触れた。

「きゃっ」

例のかん高い声をあげた玉緒が振り向き、怒った顔をする。

「もう、いやらしい」

「そっちから当たって来たのではないか」

「そういうことにしてあげますから、用心棒、引き受けてくださいよ」

「そういうこととはなんだ。おれは触ってはおらぬ」

「お願いしますよ旦那、人助けだと思って。ね、お願い」

すり寄る玉緒から離れようとしたが、手をにぎられた。

「静恵ちゃんが、伊左衛門のような悪党に売られてもいいのですか」

そう言われると弱い。

「まあ、行くところもないので構わぬが、用心棒をするとなると、ただというわけにはいかん。手当は出るのだろうな」

「その話は中で。入りましょ」

先に入る玉緒が、用心棒を受けてくださいますよ、と言いながら、真十郎を手招きした。

勝手口に行くと、母娘が揃って頭を下げた。

玉緒が真十郎に言う。

「用心棒代は、旦那からいただいている家賃を来月分に回すのと、朝夕の食事をお染さんが作って出すというのでどうですか」

なんだか損をした気分になるのは気のせいだろうか。

しかし、怯えた様子の静恵を見ると、引き受けようという気になった。

「いいだろう」

「ああよかった。よかったわね、静恵ちゃん」

「はい。お願いします」

ふたたび頭を下げた静恵にうなずいた真十郎は、自分の家なのに、お邪魔する、と、つい言ってしまい、玉緒に笑われた。

居間はみなで使い、二階は母娘、階段の下にある六畳間は、これまでどおり真十郎が使うと決めて、三人の暮らしがはじまった。

染と静恵は味噌屋の者だけに、こしらえる料理は味噌を使ったものが絶品で、夕餉《ゆうげ》に出してくれたアジのなめろうを一口食べた真十郎は、目を丸くした。

「これは旨い」

染が静恵を見て微笑《ほほえ》み、真十郎に言う。

「娘が作りましたのよ」

「ほほう、嫁にもろうた相手は幸せ者だ。あ、いや、すまん。今は聞きたくなかったな」

「平気です。褒めていただき、ありがとうございます」

にっこり笑う静恵に安心した真十郎は、なめろうで飯を三杯も食べた。

一日は何ごともなく終わり、二日、三日と過ぎ、五日が過ぎても、怪しい者が家の周りに現れることはなかった。

食事の材料は玉緒のところで働く下女が届けてくれるので、母娘は一歩も家の敷地から出ることなく、隠れ暮らしている。

それはそれで可哀想《かわいそう》だと思った真十郎であるが、大黒屋伊左衛門の手の者の目がどこで光っているか分からないと言う玉緒の言葉を信じるなら、仕方のないことだ。

しかし、二人に付き合っていつまでも家に引き籠もっていたのでは、父の仇を見つけることはできない。

中田総之介のことも気になったので、八日目の朝餉をすませた時、真十郎は、用があるので昼過ぎまで暇をくれぬか、と、頼んでみた。

母娘は不安そうな顔をしたが、暗くなる前には帰る、という約束で承諾してくれたので、真十郎は家を出て、秋乃に会いに、浅草の並木町に行った。

路地を入ったところにある一軒家の戸口で声をかけると、秋乃が戸を開け、かしこまった顔で頭を下げる。

「どうぞ、お入りください」

「よいのか」

「はい。お駒姐《ねえ》さんは湯屋ですので、少しだけなら大丈夫です」

「そうか。では邪魔する」

真十郎は入り、格子戸を閉めた。

二

湯屋で身体を清めているお駒の背中には、無数の傷跡が残っている。

まだ十代の頃に受けた肩の古傷に加え、背中から臀部《でんぶ》にかけて、新しい傷が赤黒く浮いている。

湯を使うお駒の背後で、男を相手に商売をする女たちがひそやかに話している声が耳に届いた。

「せっかんの痕《あと》かしら」

「変な男《の》が客じゃないの」

「きっとそうよ、いやねぇ。痛々しい」

哀れみの声と、あざ笑う声がするが、お駒は知らぬ顔で立ち上がり、ざくろ口を潜《くぐ》って湯に浸《つ》かった。

薄暗い中で目を閉じ、長い息を吐く。

こうしているあいだにも、秋乃のところへ中田総之介が現れるかもしれないが、そのほうが、今のお駒にとっては都合がいい。

会えば、命を奪わなければならなくなる。

芸者になりすまして、総之介に近づいたのはいつだったか。確か、桜が咲きはじめた頃だ。

藩の同輩と総之介が通っていた料理屋で初めて会った時は、なんの感情もなく、ただ、役目を果たすことだけを考えていた。

大垣和泉守沖綱を探ることが、お駒に与えられていた役目。供侍どもをたぶらかし、沖綱の行動を探れと言われていたのだ。

若くて気の優しい総之介を自分の虜《とりこ》にするのは、そういう術《すべ》を身体にたたき込まれているお駒にとって、難しいことではなかった。

あるじの政敵を探るため芸者に化けるのは、初めてではない。

そんなお駒の手にかかれば、大抵の男は、会うために通うようになり、一月もしないうちに上役たちの愚痴をこぼす。さらに日が経《た》てば、他言を禁じられたことも話すようになる。

総之介もお駒目当てに通いはじめたので、落とすのは容易《たやす》いことだった。

沖綱がお忍びで通う店があることを知ったのは、酔った総之介の相手をしている時だった。八の付く日の夜に出かけ、酒を飲んだあとは中屋敷に泊まることも聞き出した。

なんのために沖綱の行動を探るかなどは、お駒に教えられるはずもなく、また、聞くことも許されない。

得た情報をそのまま報《しら》せて、役目は終わりだ。

沖綱の動きを探る役目が解かれたのは、初めて総之介と会った日から、四ヵ月後だった。

屋敷に戻るよう告げられたお駒は、仮の住まいにしていた並木町の家を引き払う支度をしていたのだが、朝方になって、総之介が突然訪ねて来た。しばらく、妹の秋乃を預かってくれと言うではないか。

沖綱が襲撃されたことを知ったのは、その時だ。

総之介は手傷を負い、自ら命を絶つのではないかと思えるほどに、気落ちしていた。

聞けば、沖綱をはじめ、供の者たちは皆殺しにされていた。剣の腕が立つ総之介は生き残っていたのだが、沖綱を守れなかったことを悔やみ、泣き崩れた。

お駒のあるじがしたことだ。

生き残りを逃がせば、あるじが仕組んだことが知られてしまうと思ったお駒は、総之介を殺し、そのあとで秋乃を迎えに行き、命を取らねばと思った。そういう冷徹な精神をたたき込まれていると自負していたのだが、いざとなると、足下にうずくまる総之介の首に刃物を突き立てることができなかった。

あの日のことを思いながら、お駒は湯船の中で膝をかかえ、天井を見上げた。

総之介に対する己の気持ちに驚いたのを、今でもはっきり覚えている。

殺せなかった。

だが、そのしくじりが許されるはずもなく、お駒は、あるじ本田豊後守信親《ほんだぶんごのかみのぶちか》の前に引き出された。

本田は今、亡き沖綱に代わって老中首座になっている。

配下に厳しい本田は、総之介を逃がしたお駒に怒り、身に着けているものをすべて剝ぎ取って天井から吊るし、気がすむまで背中を棒で打ち続けた。

気を失っても、冷水をかけて起こし、また打つ。

生と死のはざまの中でお駒が考えていたのは、亡き母のことだ。

本田に仕えていた母は、病に倒れ、この世を去る間際にお駒を枕元に呼び、何があっても信親様にお仕えするよう、遺言したのだ。

武家に仕える者の家に生まれたお駒は、なんの疑いもなく、母の言葉に従った。

あるじのために命を捨てるのは、家来なら当然のこと。そう言い聞かされて育ったのだから、母の跡を継いで信親に仕えることに、迷いはなかった。

母に代わってお駒が仕えると知った信親に呼ばれ、密偵として働くことを命じられ、しくじれば、命はないものと思え、と、厳しく言いつけられた。

逆らえば命はない。

お駒はその時初めて、己が置かれた立場を知った。

密偵として信親に仕えるしか、生きる道がないのだ。

まだ十五歳だったお駒は、母から教えられたとおりにして役目を果たそうとしたのだが、最初の役目でしくじり、殺されそうになった。

信親の政敵だった男の不正を暴くために、下女としてその者の屋敷に入ったのだが、探っているところを見つかったのだ。

肩に刀傷を負いながらも、なんとか逃げることができたのだが、信親は、しくじりに激怒し、傷が癒えぬお駒を裸にして、背中を棒で打ち据えた。

肉が裂けても許されず、死ぬよりも辛い思いをしたが、母のことを想いながら耐えた。

傷ついた身体で役宅に帰った時、同じ密偵の者から、その場で手討ちにされなかっただけましだと言われ、信親が手加減をしてくれたのだと思い、涙を流した。

その後は、幾度か危ない橋を渡ったが、生かしてくれた信親のためにと思い、懸命に役目を果たした。そして、密偵としての信頼を得るまでになったのだ。

だが、総之介を殺すことはできなかった。

それが恋心によるものだと気付かせたのは、信親だ。

「密偵のくせに、男に惚《ほ》れたのか！　二度としくじりは許さぬ。必ず総之介を始末しろ！」

腰を棒でたたかれ、痛みでもうろうとする意識の中で響いた信親の声が、頭の中でこだまする。同時に、腰がずきんと痛んだ。

「ちょいとあんた、大丈夫かい」

ふいの声に、お駒は我に返り、顔を上げた。

年増《としま》の姐さんが、心配そうに見ている。

熱い湯に長く浸かっていたせいで、立ち上がろうとして頭がふらついたが、年増の姐さんに支えられて、湯船から出た。

「のぼせたんじゃないのかい」

「いえ、平気です」

お駒は笑みを見せてざくろ口から出ると、新しい湯で清めてから、身体を拭《ふ》いた。

湯屋から出ると、近くの灯籠《とうろう》の前に、みすぼらしい身なりの男がたたずんでいるのに気付き、はっとした。

待っていたのは、お駒の家の向かいに暮らす若者だ。

十八歳だというのに、七つや八つの子供のほうが賢いと思うことがあるような男だが、薪割《まきわ》りや掃除などに使うには、なんの文句もないほどよく働く。

お駒は時々、この若者に仕事を頼むことがある。特に秋乃を家に残して外出をする時は、家を訪ねる男があれば、すぐ教えるよう言いつけている。

今朝も、いつもの癖で頼んでいたのを、今になって思い出した。この若者がお駒の外出先に来たのは、初めてだからだ。

まさか、総之介が現れたのだろうか。

お駒は、襟首に手拭いを当てながら歩み寄る。

「ろく」

声をかけると、六はお駒に顔を向けて笑みを浮かべた。

いつ見ても間抜け面だが、憎めないのはこの男の気性のせいだろう。

「誰か来たのかい？」

「はい、来ました。男の人です。あっしは薪を割りながら、見張っていたんで、この目で見ました」

頼んでもいない薪割りをしていたのは、六が働き者だからだ。

「どんな人だい」

「男の人です」

「訊き方が悪かったよ。歳はいくつくらいだい」

「姐さんが言ってた、大人の男だ。爺さんでもなく、おいらよりうんと年上の人で、あんまり強そうじゃないお侍。でも顔はいいよ」

強そうじゃないというのはひっかかったが、顔がいい男なら、総之介かもしれない。

二度としくじりは許されない。総之介を再び逃がしたことが信親に知られれば、命はないだろう。

だが、知られなければいい、一目顔を見るだけなら大丈夫だという気持ちが勝り、お駒は六に駄賃を渡し、家に急いだ。

裏からそっと庭に入り、井戸端を通って様子をうかがいに行くと、秋乃の部屋には誰もいない。

秋乃は言いつけを守り、表の部屋で総之介と会っているのだと思い、廊下に上がって自分の部屋に入り、奥の襖に近づく。客間は、その向こう側だ。

秋乃には、総之介が訪ねて来た時は、裏手の部屋ではなく客間に通すようにと、常々言いつけてある。

自分の部屋がある裏手には、殿方を近づけてはいけないと思わせているのだが、実のところは、襖一枚を隔てた向こうに座る総之介を、吹き矢で殺すための細工がしてある。

冷徹な密偵の自分と、総之介を想う女ごころのはざまで苦しみながら、施《ほどこ》した細工だ。

おそらく総之介は今、上座にいるはず。

客間側の襖に描かれた鶴の目の部分は、のぞき穴に細工してある。

お駒は、吹き矢を隠している押し入れを気にしたものの、取り出すことなくのぞき穴に右目を寄せた。丁度その時、秋乃の言葉が耳に入った。

お駒は眉間にしわを寄せて、耳を襖に向ける。

秋乃は今、若様、と言った。気のせいではなく、確かにそう聞こえた。

会っているのは総之介ではないようだが、若様とは何者なのか。

お駒は息を殺し、のぞき穴に右目を近づけた。そして、見えた男に思わず声が出そうになり、口に手を当てる。

月島真十郎ではないか。若様とは、どういうことだ。

真十郎が、秋乃に厳しい顔を向けて言葉を発した。

「おれはもう、若様ではない。素浪人の月島真十郎だ」

「でも……」

「秋乃殿、もう一度訊く、総之介は、父の仇を討つつもりで、江戸のどこかに隠れているのではないのか。知っているならなんでもいい、おれを信じて教えてくれ。父を守らなかったと咎《とが》めはしない。おれは、父の無念を晴らしたいのだ。そのためには、襲撃者を見ている総之介と会って、話をしなくてはならぬのだ」

「ほんとうに、何も知らないのです。兄は、いつか迎えに来るとしか言わなかったのです」

真十郎は、がっかりした顔をして顎を引いた。

「総之介が現れたら、おれが江戸にいることを教えてやってくれ。そして、一人で早まったことをせぬよう、伝えてくれぬか。父の仇はおれが討つ。その助太刀《すけだち》を頼みたいと、言ってくれ」

「分かりました。必ず伝えます」

「これは、おれが暮らしている家の場所だ」

秋乃に紙を渡すこの男は、大垣沖綱の息子、沖信に違いない。

真十郎の正体に気付いたお駒は、ゆっくりその場を離れた。そして、帰って行く真十郎の姿を物陰からうかがう。

細い身体つきは強そうには見えないが、部屋で秋乃と向き合っていた時に見せた表情には、芯の強さを感じる。

沖綱の仇を討つと決めているなら、この先、あるじ本田信親にとって、強敵となるかもしれない。

信親様に報せなければ。

お駒は密偵の役目を果たすべく、吾妻橋に向かう真十郎とは反対の道に歩み、和田倉御門外にある本田の屋敷へ急いだ。

染と静恵母娘の用心棒をはじめて十日が過ぎた。

三

これまで怪しい者の影がないのは、妻子が真十郎の家にいることを、丸屋の久八と大黒屋が知らないということだろう。

家賃はただ、めしは寝ていても出てくるというなんとも楽な日々が続いているが、親の仇を捜したい真十郎にとっては、長いあいだ家から離れられない、というのは辛い。

夕餉の支度をする母娘を横目に、家の周囲の見回りに出た。

家の様子をうかがう怪しい影は今日もない。

表から裏に回り、近所の様子も見て戻ると、居間にはすでに、夕餉の膳が調えられていた。

火鉢には鉄鍋がかけられ、湯気が上がっている。

「いい匂いだ」

真十郎の声に振り向いたお染が、優しい笑顔で言う。

「玉緒さんが、今日は冷えるからと言って、鴨肉《かもにく》を届けてくださいました」

「鴨鍋か」

「ほうとうにしてみました」

よそってくれたのは、味噌煮込みの鴨ほうとうだ。

ネギを細切りにしたのを薬味に入れているので、柔らかなほうとうに絶妙な歯触りが加わり、味もいい。

「旨い。二人の料理は、どれも絶品だ」

控えめの笑みを浮かべたお染が、ここはわたしが、と静恵に言い、台所で食事をするよう促した。

立ち上がる静恵を見送った真十郎は、箸と椀を膳に置き、お染に言う。

「ここ二、三日、静恵殿は思いつめた顔をしているな」

お染は、取り繕うような笑みを浮かべた。

「そうでしょうか」

「いつまでも、このような暮らしを続けられまい。これから先、どうする気だ」

「あと一月、いいえ、半月でいいので、ここにいさせてください」

「亭主は、大黒屋にいくら借財をしているのだ」

お染は辛そうに、首を横に振る。

「奉公人が申しますには、初めは五十両ほどだったらしいのですが、気付けば、二百両になっていたそうです」

「商売をしていても、用立てられないのか」

「うちは小さな店ですから、すぐにはとても……」

「払えないとなると、家に帰るのは難しいな」

「うちの人が遊ばなければ、返せないことはないのです。わたしと静恵がいなくなったことでこころを入れ替えてくれさえすれば、一年足らずで返せます」

前はあんな人じゃなかったと言い、お染は涙をぬぐった。

「娘思いの人で、幸せばかりを願う父親でした。でも、魔が差したと言いますか、同じ通りの商家の集まりで酒を飲んだ時、得意先の人の誘いに乗ったのが、間違いのはじまりだったのです」

お染が涙ながらに教えたのは、博打にのめりこんだ久八の醜態だ。

毎晩出かけるようになり、帰るのは決まって朝方。勝った時は機嫌がよく、負けた時は一日中小言が多くなり、清吉《せいきち》というたった一人の手代などは、味噌の扱いが悪いなどと言いがかりをつけられ、暴力をふるわれることもあったという。

多額の借財を作っていることを知ったのは、久八が、大黒屋との縁談を持ち出した時だった。

お染は唇を噛《か》み、悔しそうな顔を真十郎に向ける。

「博打で負けた借財を許してもらうために娘を嫁がせるなど、売るのと同じです。そんなことを平気でしようとする久八のことが許せなくて、家を出ました。大黒屋に責められているかもしれませんが、身から出た錆《さび》です。こうなっても改心しないなら、もう知ったことではありません」

「帰らぬつもりか」

「はい」

「行くところはあるのか」

お染にすがるような眼差しを向けられて、真十郎は、いたいだけいてもいいと言いそうになり、言葉を飲み込む。自分には、やらなければならないことがあるのだ。

「半月なら、いてもよいぞ」

せめてもの情けと思って言うと、お染は安心したような笑みを浮かべた。

「娘がいつまでいられるのか心配していましたので、お許しが出たと言ってやります」

立ち上がって台所に行くお染を見送った真十郎は、椀を取り、ほうとうを食べた。

二杯目を自分でよそおうとしていると、お染が血相を変えた顔で居間に戻った。

「娘が、静恵がいません」

「はばかりではないのか」

「どこにもいないのです」

真十郎は立ち上がり、台所に行った。

板の間には、母娘の食事の支度がしてあったのだが、静恵が手をつけた様子はない。

荒らされたふうでもないので、曲者が侵入して連れ去ったとは思えない。

「どうやら自分の意志で、出て行ったようだな。行先に、こころあたりは」

「ございます」

「どこだ」

お染は、話そうとしない。

「安心できるところか」

「いいえ」

「ならば急いで追わねば。ためらっている場合ではないぞ」

「家に帰ったのだと思います」

真十郎は眉間にしわを寄せた。

「どういうことだ。娘は縁談をいやがっていないのか」

「いやがっています。娘は、手代に会いに行ったに違いございません」

「手代？」

「はい。先ほどお話しした清吉です。娘より三つ年上で、こころが優しいのもあって、二人はいつからか想い合うようになり、恋仲なのです。久八は知りませんけど」

真十郎はうなずいた。

「父親に見つかるかもしれないのに行ったとなると、よほどの覚悟だ。駆け落ちでもする気で行ったのではないか」

染がうなずく。

「そういえば、家を出て深川に渡る道すがら、そのようなことを言っていました」

見つかったらどうしましょう、と、狼狽《ろうばい》するお染に、真十郎は落ち着けと言い、愛刀光平を取りに部屋へ戻り、腰に帯びた。

四

一日の商売を終えた丸屋では、手代の清吉が表に出て、戸締まりをしていた。

寝ても覚めても、いなくなってしまった静恵を心配している清吉は、上げ戸を下ろす手を止めて、通りに眼差しを向ける。

目に入るのは若い女ばかりだが、静恵の姿はどこにもなく、ため息を吐く。

戸締まりを終えて、潜り戸から中に入ろうとした清吉は、店の横の路地から駆け出た人影に気付いて顔を向け、目を見張った。

お嬢さん、と叫びそうになり、口を閉じる。帳場に久八がいるからだ。

「裏に来て」

静恵はそう告げると、路地に戻った。

中に入って戸を閉めた清吉は、帳場にいる久八に言う。

「戸締まりを終えましたので、町に出てきます」

帳面から顔を上げた久八が、険しい顔をする。

「もうやめろ。捜したところで、二人はこの町にはいない」

清吉は何も言わずに頭を下げ、裏口へ向かった。

久八が呼び止めたが、清吉の耳には届かない。裏の木戸から路地に出ると、店の裏手に回った。

「こっちよ」

静恵がいたのは、裏の空き家の戸口だ。古くて使われておらず、家主の目も届かないこの家で、二人は密かに、愛を確かめ合っていた。

裏口から家に入るなり、二人は抱き合った。

「お嬢さん、会いたかった」

「わたしも。ねえ清吉さん、このままわたしを連れて逃げて。どこでもいいから遠くに逃げましょう」

「おかみさんは一緒ではないのですか」

「おっかさんは深川の家にいるから、今から行きましょう。どこに逃げるかは、あとで決めればいいわ」

清吉は静恵の両腕をつかみ、目を見つめた。

「ほんとうに、いいんですね」

静恵が決意を込めた目でうなずく。

「わかりました。逃げましょう」

手に手を取り合い、外に出た二人の前に、久八が立っていた。

「旦那様！」

「おとっつぁん、許して」

逃げようとする二人に、待ちなさい、と言って、久八が立ちはだかる。

「静恵、わたしが間違っていた、許してくれ」

頭を下げた久八は、顔を上げて清吉の胸ぐらをつかみ、引き寄せる。

「清吉、お前、本気で静恵のことを想っているのか」

「旦那様」

「うすうす勘づいていた。怒らないから正直に言ってみろ」

「夫婦になりたいと、本気で思っています。生涯を共に過ごしたいと、願っています」

久八は、殴りかからんばかりの顔をしたが、それは一瞬のことで、つかんでいた清吉の襟を開き、着物の懐に銭袋をねじ込んだ。

「娘をお前に託す。今すぐ江戸を出ろ。染も頼む」

「旦那様」

「おとっつぁん」

目を赤くした久八は清吉を突き放し、娘に頭を下げた。

「静恵、店を継がせてやれなくて、すまない。清吉と、幸せにな」

「おとっつぁん」

涙を流して歩み寄る静恵に、久八は背を向けた。

「清吉、早く行け」

「はい」

静恵の手を引いた清吉は、路地から表の道へ向かおうとしたのだが、暗がりから現れた男たちに道を塞《ふさ》がれた。

月明かりに見えた顔に、清吉が目を見張る。

「かつじさん」

勝次と呼ばれた男は、大黒屋伊左衛門の右腕ともいえる手下で、悪事の数々を知る町の者は、この男の顔を見ただけで道を変えてさけるほどの悪党《ワル》だ。

伊左衛門の闇の仕事を仕切っている勝次は、久八に歩み寄り、鋭い眼差しを向ける。

「うちの旦那様が目をかけてやったというのに、娘を逃がそうというのは、どういう了見《りようけん》だ！」

怒鳴るなり、久八の腹に蹴りを入れた。

呻《うめ》いて倒れる久八。

「おとっつぁん！」

「旦那様！」

清吉と静恵が助けようとしたが、静恵は勝次の手下に捕まり、清吉は別の手下に殴り倒され、久八と共に、殴る蹴るの暴行を受けた。

清吉は抵抗して立ち上がり、静恵を助けようとしたのだが、捕まってひどく殴られ、板塀に背中をつけてずるずると尻もちをつくと、気を失って首を垂《た》れた。

「清吉さん！」

叫ぶ静恵を引き戻す手下に、久八が叫び声をあげてつかみかかる。

「静恵！　逃げろ！」

必死に逃がそうとする久八の背後に、勝次の指図を受けた用心棒の浪人が歩み寄る。

「先生、かまやしませんぜ」

勝次が言うと、抜刀した浪人が久八の背を斬った。

すっぱりと割れた背中から血が吹き飛ぶ。

「ぎゃああ！」

断末魔の声をあげた久八が倒れ、最後の力で静恵のところに這おうとしたのだが、息が絶えた。

「おとっつぁん！　おとっつぁん！」

「うるせえ！」

勝次が怒鳴り、静恵の首を鷲《わし》づかみにした。

苦しむ静恵に顔を近づける。

「お前が逃げたりしなければ、旦那様の怒りを買わずにすんだのだ。久八もお前も、いい思いができたというのに、馬鹿な女だ。お前には、死ぬまで稼いでもらうから観念しな」

近所で人の声がしたのはその時だ。

提灯の明かりが路地の先を横切り、去って行く。

人目を気にした勝次が、手下に命じる。

「女を連れて行け！」

「へい」

あとに続く勝次は、動かぬ久八と清吉を見くだし、じろりとあたりを見回して、路地から出て行った。

五

少し前、真十郎は、お染を乗せた町駕籠に付き添い、麴町《こうじまち》の通りを西に急いでいた。

「そこの角を右に曲がったところです」

焦りを含んだお染の声に応じて、駕籠かきが四辻《よつじ》を曲がる。

通りは、軒行灯《のきあんどん》や灯籠の明かりで照らされ、少ないものの、人通りもある。

真十郎は、軒を並べる商家の三軒目の屋根に、丸屋の看板を見つけた。

店の前に行くと、潜り戸が開いたままになっていた。

駕籠から降りたお染が、ためらいなく中に入るので、真十郎は駕籠屋を待たせて、続いて入った。

家の奥へ付いて行ったが、部屋に明かりはついておらず、誰もいないようだ。

「表が開いていたのは妙だぞ。何かあったのではないか」

真十郎に不安げな顔を向けたお染が、娘の名を呼びながら家中を探した。

裏庭に出て、味噌蔵がある家の裏手に行きかけて、思い出したように立ち止まる。

「娘と清吉は、親の目を盗んで裏の空き家で会っていましたから、そこかもしれません」

「よし、行ってみよう」

「はい」

板塀の外から男の悲鳴があがったのは、その時だ。

驚いたお染が、静恵を心配して庭を急ぐ。

真十郎も、路地へ出て空き家へ向かうお染のあとに続く。

月が隠れてしまい、路地は真っ暗だ。

「何も見えぬ。危ないぞ」

「平気です。いつも使っている路地ですから」

お染は真十郎の袖を引き、空いているほうの手で板塀を探りながら歩みを進め、角を左に曲がった。

「家はすぐそこです」

と言ったお染が、闇の中で何かにつまずいて倒れそうになったので、真十郎が腕をつかんで引き寄せた。

闇の中で呻き声がしたのは、その時だ。

「だ、誰か、助けて」

「その声は清吉、清吉なのね」

「お、おかみさん、お嬢さんが、勝次に連れて行かれました」

雲が流れて月明かりが戻ると、路地に倒れた二人の男が見えた。

「お前様」

お染が声をあげた。

真十郎は、板塀の下を這う清吉に駆け寄り、仰向けにした。顔をひどく殴られたらしく、口から血を流し、片目は腫《は》れあがって開いていない。

「おい、静恵殿を連れ去った奴らはどっちに行った」

「お、表の通りです」

どうやら入れ違いになったようだ。

真十郎はお染に医者を呼ぶよう言い、路地から出た。

待たせていた駕籠屋の二人に、曲者を見たかと訊くと、揃って指差す。目を向けると、通りを歩く者たちが、麴町の大通りに顔を向けている。その先に、駕籠を囲むように去っていく、浪人者と町人の男たちの姿が見えた。

奴らに違いない。

真十郎は走って追う。

男たちは、麴町の大通りを左に曲がった。

静恵を乗せていると思われる駕籠が、さらに先の辻を右に曲がった。

真十郎も追って曲がる。男たちは気付くことなく先を急ぎ、四つ先の辻を右に曲がった。

もう少しで追いつくところまで迫っていた真十郎は、迷わず曲がった。するといきなり、商家の軒先から斬りかかられた。

「うお」

刃風を首筋に感じつつ飛びすさり、かろうじてかわした真十郎は、商家の壁に背中をぶつけて片膝をつく。

そこへ、容赦のない一刀が打ち下ろされる。

「むん！」

真十郎は横に転がってかわし、追ってきて突き刺そうとする相手の刀を、とっさに抜いた脇差で払い、脛《すね》を斬った。

苦痛の声をあげて倒れる浪人を見つつ立ち上がった真十郎は、人気がない道にいる男たちに顔を向ける。

浪人を一人倒したことで、男たちが真十郎に向ける眼差しは、焦りを帯びている。

「静恵殿を返してもらおう」

「誰だ、てめえ」

「ただの用心棒だ」

「用心棒だと。いくらで雇われた」

「答える義理はない」

鼻先で笑った男が、鋭い目を向ける。

「面倒だ。先生！」

「おう」

応じた浪人が前に出た。

人相が悪い男だ。金のために平気で人を殺してきたに違いない。

「若造、腰の大刀が重そうだの。脇差を振るうのが得手《えて》のようだが、わしには勝てぬぞ。死にたくなければ去れ」

浪人は馬鹿にした笑みを浮かべて言い、刀を抜いた。

自慢の刀なのだろう。右手でにぎる刀の波紋を見せつけて、切っ先を下げた。

大口をたたくだけあり、浪人に隙はない。

真十郎は長い息を吐き、脇差を鞘《さや》に納めた。

「去るか、若造」

そう言った浪人は油断したらしく、わずかに隙が生まれた。

見逃さない真十郎は、光平の鍔《つば》を親指で押して鯉口を切るや、走りだす。

浪人が慌てて刀を正眼に構え、迫る真十郎の肩めがけて斬り下ろした。しかし、空を切る。

斬りかかる相手の懐に飛び込んで刃をかわした真十郎は、抜刀術で光平を一閃《いっせん》する。

背後で浪人が呻き、腹を押さえて膝をつくと、横向きに倒れた。

「野郎」

勝次が懐から匕首《あいくち》を抜くと、手下たちも一斉に抜いた。

「やめておけ」

真十郎が止めたが、聞く相手ではない。

「やれ」

勝次の声に応じて、手下たちが襲いかかって来た。

真十郎は引くと見せて前に飛び、匕首を突いて来た者の手首を浅く斬り、横から斬りかかる者の刃を飛びすさってかわし、空振りをした隙に腕を傷つけた。

匕首では敵《かな》わないと思った手下どもが、前に出る真十郎を恐れて下がった。

「勝次の兄《あに》ぃ、どうする」

「馬鹿野郎、恐れるな、殺せ！」

勝次に押された手下が、何かを喚《わめ》いて斬りかかって来た。

真十郎は、突き出された匕首をかわし、背中を峰打ちする。

呻いて倒れるその者には目もくれず前に出た真十郎は、勝次を守ろうとした二人の手下を峰打ちに倒した。

真十郎の凄まじさに慌てた勝次が、駕籠の中にいる静恵を楯《たて》にしようと取り付く。

簾《すだれ》を上げて静恵に匕首を突きつけようとした勝次の背後に迫った真十郎は、背中を峰打ちにした。

「うっ！」

激痛に背を反らせた勝次が、顔をゆがめて横倒しになり、そのまま気絶した。

駕籠に歩んで簾を上げると、手足を縛られ、猿ぐつわをされた静恵がぐったりしていた。

気を失っている静恵を駕籠から助け出し、まずは手足の縄を解き、活を入れて起こしてやると、静恵は身を固めてあたりを見回す。

「安心しろ。おれだ」

背後から声をかけて猿ぐつわを外した。

「真十郎様、あたしのせいでおとっつぁんと清吉さんが……」

「清吉は生きている。いいか、こうなったのは、決してそなたのせいではない。痛いところはあるか」

静恵はかぶりを振り、顔を両手でおおって泣いた。

「ここにいては面倒なことになる。家に戻るぞ」

静恵を背負い、丸屋に帰った。

裏から家に入ると、二つの部屋に明かりが灯《とも》されていた。殺された久八は仏間に寝かされ、近所の者らしき人が数名いる。

静恵に気付いた中年の女が、気の毒そうな顔をして庭に下りて来た。真十郎に軽く頭を下げ、静恵の両手をにぎる。

「静恵ちゃん、無事でよかった。いったい何があったんだい。おっかさんは何も教えてくれないんだよ」

「清吉さんはどこですか」

答えずに清吉を心配する静恵に、女は戸惑いつつ、明かりが灯されている別の部屋を指し示した。

「今、お医者様に見てもらっているよ」

静恵は頭を下げて、清吉のもとへ向かった。

真十郎は女に訊く。

「町の岡っ引きは来ていないのか」

「あのう、どちら様で?」

「おれは、お染殿と静恵殿の用心棒だ」

「用心棒!」

目を丸くした女が、ちょいとお前さん、と言って、仏間の前にいた男を呼んだ。

中年の男が駆け寄り、真十郎にぺこりと頭を下げ、女に顔を向ける。

「どうした」

「こちらの旦那、お染さんと静恵ちゃんの用心棒だってさ」

「そいつは穏やかじゃございませんね。旦那、何があったので？」

「話はここの者に聞いてくれ。それより、町役人は来ておらぬのか」

「岡っ引きの親分が来られたのですが、お染さんと何やら話していると思ったら、青い顔をして帰られました」

「そうか。そなたらは、近所の者か」

「はい。隣の者でございます」

「では、仏の弔《とむら》いを手伝ってくれるのだな」

「もちろんでございます」

真十郎はうなずき、静恵が入った部屋に行った。

顔にさらしを巻かれた清吉が横たわるそばに、お染と静恵がいる。

お染が真十郎に頭を下げ、礼を述べた。

「用心棒として当然のことをしたまでだ。それより、岡っ引きはなんと申した。

町方同心を呼びに行ったのか」

　お染は表情を曇らせた。

「いいえ。清吉が、大黒屋の者にやられたと告げた途端に顔色を変えて、相手が悪すぎる、あきらめろと言って、逃げ帰りました。うちの人が日ごろから袖の下を渡していたというのに、いざとなったら、まったく役にたたないんですから」

　久八を殺されて気が動転しているらしく、お染は取り乱した様子で、岡っ引きをののしった。

　医者は関わりたくないのか、治療代はまたでいいと言って、そそくさと帰った。

　真十郎がお染と静恵に言う。

「町方を頼れぬほどの相手となると、ここにいるのは危ない。仏の弔いは町の者に託して、今すぐ逃げたほうがいい」

　静恵が涙目で訴える。

「おとっつぁんを置いては行けません」

　すると清吉が、痛みをこらえて起き上がった。

「お嬢さん、逃げましょう。ここで大黒屋に捕まれば、旦那様が悲しまれます」

「でも……」

お染が静恵に顔を向ける。

「清吉の言うとおりです。おとっつぁんは、お前と清吉を守ろうとしたのでしょう」

真十郎は部屋を出て仏間に行き、久八に手を合わせると脇差を抜き、髪を切って懐紙に包んだ。

部屋に戻り、遺髪の包みを静恵に差し出す。

「父の死を無駄にするな。江戸には戻らぬ覚悟で、これを持って行け」

受け取った静恵が、真十郎の目を見てうなずいた。

お染が近所の者に事情を話し、弔いの金を渡したのは、程なくのことだ。

そして、暗いうちに家を出た真十郎たちは、怪我《けが》を負っている清吉を助けながら牛込《うしごめ》御門まで行き、そこで船を雇って神田川をくだり、深川へ逃げた。

六

「小娘の一人や二人、手に入らぬとて、どうってことはない。ないが、お前たちのそのざまはなんだ」

庭に正座する者たちを見くだし、不機嫌極まりない顔で廊下に立っている五十代の男は、裏の世界では名を知らぬ者がいないと言われる、大黒屋伊左衛門だ。地味な着物姿は、大店のあるじ、という雰囲気なのだが、目つきが鋭く、引き結んだ唇を開けば、声にすごみがある。

勝次は地べたに額を擦《す》り付けて、静恵を逃がしたことを詫《わ》びた。

すると伊左衛門は、ますます不機嫌となり、庭に下りて勝次を蹴り倒した。

「わしが言うておるのは小娘のことではない。たった一人の浪人風情《ふぜい》に、貴様らが手も足も出なかったことだ」

「申しわけございません」

蹴られてもすぐに正座して頭を下げる勝次に、伊左衛門はため息を吐き、手下たちを見回した。

「何者だ、お前らをそのようにしたのは」

勝次が答える。

「お染が雇った用心棒ではないかと」

「高い金を払っていた先生方を容易く倒したというのは、本当か」

「はい。一見すると弱そうに見えますので、油断されたかと」

「用心棒と言うなら、その者に金を積めば、わしのために働くと思うか」

「こちらに引き入れようと思い、いくらで雇われたか訊きましたが、答えませんでした。おそらく、悪事には手を貸さぬ男かと」

「ふん。善人気取りの用心棒など、目障《めざわ》りなだけだ。必ず見つけ出して、生かしたまま連れて来い。この伊左衛門に逆らうとどうなるか、生きたまま切り刻んで思い知らせてやる。言うておくが、勝次、いくらお前でも、次のしくじりは許さぬぞ」

「承知いたしました」

「行け」

命拾いをした勝次とその手下たちは、逃げるように庭から出て行った。

また一つため息を吐いた伊左衛門が、廊下に上がり、表の客間に戻った。

待っていた二人の侍のうち、四十代のほうが気を利かせて言う。

「声が聞こえてきたのだが、剣の遣い手がいるなら何人か貸すぞ」

伊左衛門は目を細め、仏顔で首を横に振る。

「せっかくのお申し出ではございますが、浪人風情を一人捕らえるだけのことに、大名家のお手をわずらわせては申しわけがございません。御老中の本田様に叱《しか》られますので、このことは、どうか御内密に」

「おお、そなたは、本田様とも付き合いがあるのか」

「はい」

「さすがは大黒屋だ。大垣様の後釜に座られ、今をときめく本田様に近づくとは、抜け目がないの」

「は、は、は」

作り笑いをする伊左衛門の目つきが鋭いことに気付いた侍は、失言をごまかすように空咳《からせき》をして、押し黙った。

伊左衛門が言う。

「今日は、三百両でしたな」

「そ、そうだ。頼めるか」

「むろんにございます。松平侯《まつだいらこう》は、いずれ幕府の重責を担うお方。三百両といわず、五百両ほど用立てましょう」

「おお、それは助かる」

伊左衛門が手を打ち鳴らすと、手代が小判を載せた三方を持って現れ、松平なにがしの家臣の前に置いた。

引き取る侍に、伊左衛門が狡猾《こうかつ》な顔をする。

「早稲田《わせだ》村のお抱え屋敷のこと、よしなに頼みますぞ」

「それならば心配ない。おぬしのこの気持ちをお見せすれば、殿は必ず、お許しくだされる。来月には、使えるようになろう」

「では、こちらもそのように動きます。上玉《じょうだま》の女一人を手に入れそこねましたが、なぁに、数には困りませぬので、商売をはじめましたら、一番にお楽しみください」

「賭場もするそうだの」

「はい」

「わしらは、そっちで遊ばせてもらおう。楽しみにしておるぞ。こちらのほうもな」

羽織の袖袋を広げて付け届けを催促する侍に、伊左衛門は笑みで応じる。

「儲《もう》けさせていただいたあかつきには、たっぷりと、お礼をいたします」

「うむ」

侍たちは満足した様子で立ち上がった。

廊下まで見送る伊左衛門が、頭を下げた。口元には、不敵な笑みを浮かべている。

七

清吉が歩けるようになるまでには、真十郎の家に連れて帰って五日を要した。

「これなら、伊豆まで行けそうです」

芦屋の店先まで見送りに出ていた真十郎に、清吉が礼を言う。

まだ外は薄暗いが、清吉とお染と静恵は、旅支度を整えている。これから江戸を出るのだ。

清吉が、真十郎の隣にいる玉緒に眼差しを向けた。

「おかみさん、手形まで用意していただき、このご恩は、生涯忘れません」

「おやすい御用ですよ」

玉緒が笑みで言い、静恵に歩み寄り、襟《えり》を直してやりながら言う。

「向こうでは、幸せになってね」

「はい」

「うん、いい顔してる」

嬉しそうな玉緒が、清吉に言う。

「泣かせたら、芦屋の玉緒が許しませんよ」

「はい。生涯をかけて守ります」

「まあ羨ましい、一度でいいから言われてみたかったわ」

早くに亭主を亡くしている玉緒は、若い二人の行く末を案じている。伊豆には清吉の兄がいるというが、伊左衛門の魔の手が伸びやしないかと、心配しているのだ。

お染と静恵母娘ではなく、己に魔の手が伸びようとしていることなど知る由もない真十郎は、旅立つ三人を船着き場まで送り、島田町の家に帰った。

今日から、腰を入れて父の仇を捜そう。

礼金があるうちに、仇の影だけでも見つけたいと思いながら、家の裏庭に入った真十郎は、人がいることに気付いて足を止めた。

井戸端に立っていたのは、菅沼金兵衛だ。

「金兵衛、風邪は治ったのか」

「はい」

「顔色が悪いぞ。何があった」

中田総之介の行方が分かったのではと期待したが、金兵衛は、申しわけなさそうな顔で歩み寄る。

「実は、中に客人をお待たせしています。急なことでしたので、うかがいもせず申しわけございません」

「誰だ」

「家老の、丹波守《たんばのかみ》様です」

思わぬことに、真十郎は驚いた。

「どうして知らせた。おれが江戸にいることは秘密にしようと言うたではないか」

「それがどういうわけか、若様が江戸にいらっしゃることをご存じでした」

「どこかで顔を見られたか」

「理由は、会って話すとおっしゃっています」

真十郎は、まずいことになったと思った。

客間にいる大垣丹波守正嗣《まさつぐ》は、真十郎の叔父なのだが、父よりも厳しい人で、昔から苦手だった。

修行の旅に出る時も、父は許してくれたが、叔父は最後まで反対し、縁を切る覚悟で行けと言ったほどだ。

公儀に病死と届けられている者が江戸にいたのでは、大垣家にとっては不都合。どこで知ったかしらぬが、おそらく、今すぐ江戸から出ろと言いに来たに違いない。

客間に行くと、正嗣は腕組みをして目を閉じていた。

「叔父上」

真十郎の声に目を開けた正嗣が、まじまじと顔を見て、うなずく。

「生きておったか」

相変わらず厳しい眼差しだ。

真十郎は離れたところで正座し、光平を右側に置いた。

正嗣が光平を一瞥し、真十郎の目を見た。

「御家のことは、金兵衛から聞いているな」

「はい」

「ならば、何ゆえすぐに去らぬ。御家を潰す気か」

「父上の仇を討つまでは、どこにも行きませぬ」

正嗣が目を細めた。

「やめておけ。兄上を襲ったのは物取りの仕業となっているが、そなたのことだ、うすうす勘づいておろう」

「まずは、姿を消した総之介を捜し出して話を訊かねばなりませぬが、叔父上は、誰の仕業と思うておられます」

「言うまでもない。兄上が死ぬことで得をした者すべてが怪しい」

「その中でもっとも得をしているのは、誰です」

正嗣は一つ長い息を吐き、外に顔を向けた。

「仇討ちなど、やめておけ」

「敵わぬ相手と、おっしゃりたいのですか」

「今日参ったのは、仇討ちの話をするためではない。そなたが生きて江戸にいることを問われたからだ。大垣家は御公儀に、長子沖信は病死したと届けている。そなたが生きていることが判明すれば、偽りを届けたことを咎められ、改易《かいえき》に処される。わしに、刀を抜かせるな。今すぐ江戸を去れ、逃げるのだ」

「叔父上、悔しくないのですか。父上を暗殺され、大垣家は旗本に成り下がっているのですぞ」

「言うな、御家のためだ」

「叔父上」

「ことを荒立てると申すなら、わしは大垣家家老として、そなたを斬らねばならぬ。本田様の手に落ちる前にな」

「本田……。父に代わって老中首座となった、本田豊後守信親のことですか」

「そうだ。先日和田倉御門外の屋敷に呼び出され、そなたが江戸にいるのではないかとしつこく問われた。まさかとは思うたが、その場は、ありえぬと言い切った。これまでなんの便りもなかったそなたが江戸に戻ろうが、我ら家臣一同は、他人の空似だと貫き通すことで、一致していたからの。従わぬ者は、金兵衛をはじめ、すべて放逐した。御家のために、そなたを捨てたのだ。そうするしか、御家の存続は叶《かな》わなかった」

真十郎は、目を閉じた。捨てたとはっきり言われると辛いが、旅に出たいと願ったのは自分だ。帰る場所を失っても、文句は言えない。

「沖信、いや、月島真十郎。本田豊後守にはくれぐれも気をつけろ。奴はわしに、公儀にそなたを見つけてほしくなければ、そちらで始末することだと言いおった。上様の覚えめでたき兄上の息子であるそなたが、江戸の町にいるのが目障りとしか思えぬ口ぶりだ。そなたの剣の腕を、恐れているのやもしれぬ」

「叔父上は、父上を殺したのが本田豊後守とお思いか」

正嗣は首を横に振る。

「それは、わしには分からぬ。今言えることは、我らがそなたを殺さぬと分かれば、奴はそなたを捕らえ、大垣家を潰す。そなたに代わって家を継いだ沖政のためにも、黙って江戸を去ってくれ」

「父上の仇を討つまでは、去りませぬ」

「沖信、頼む」

「叔父上は悔しくないのですか。父上の無念を晴らさずして、何が御家か。父上を殺した者は、大人しく旗本に成り下がり、刃も向けぬ腰抜けの大垣家のことを、今こうしているあいだもあざ笑っておりましょう」

「黙れ！　気楽な旅に出ておったくせに、偉そうに！」

「いいえ黙りませぬ。闇討ちをする卑怯者《ひきようもの》にひれ伏してまで御家を守りたいなら、今ここで、わたしを斬られるがよい」

真十郎は光平を抜刀して正嗣の前に置き、正座した。

怒りに顔を赤くした正嗣は、光平を取って振るい、真十郎の首筋にピタリと止めた。

凄まじい剣気が刀身に伝わり、真十郎の首に鳥肌が立つ。だが真十郎は、眉一つ動かさず、正嗣を見据える。

正嗣も真十郎の目を見つめ、険しい顔で言う。

「お前は今、兄上を殺した者に我らがひれ伏していると申したが、兄上を斬ったのが本田と思うているのか」

「叔父上の口ぶりで勘ぐっただけで、確信はござらぬ」

正嗣は光平を首から離し、刀身を見つめた。

「光平か。兄上がこれをそなたに託していたとは知らなんだ。いつ渡された」

「旅に出る前です」

「なるほど。まるで、こうなることが分かっていたかのようだの」

正嗣は光平を鞘に納め、真十郎の前に置いた。

「仇を討ちたければ、好きにするがよい。ただし、大垣沖信は、もはやこの世におらぬ。そなたは、大垣家とは関わりのない者だ。よいな」

言い置いて廊下に歩み出る正嗣に、真十郎が両手をつく。

「叔父上、母上と弟のこと、くれぐれも頼みます」

「言われるまでもないことよ」

正嗣は顔を向けぬまま言い、帰って行った。

真十郎は廊下に出て、金兵衛の名を呼んだ。

程なく廊下に現れた金兵衛に、本田豊後守が怪しい、と言うと、金兵衛は青い顔をして部屋に入った。

「まことでござるか」

「叔父上は、おれが江戸にいることを本田から聞いたと申された。父上が亡くなってもっとも得をしているのは、本田だ」

「確かに、幕政は今、本田様が牛耳《ぎゆうじ》っておられまする。亡き殿が禁じておられた賄賂も復活し、和田倉御門外の屋敷前は、取り入ろうとする大名旗本が列をなしていたほどにござる。権吉の家で世話になりはじめた頃に玉緒殿が申しておりましたが、知り合いの札差《ふださし》などは、賄賂のために借財をする旗本に高利貸しをして、大儲けしているとか」

「父上が賄賂を禁止される前の世に、戻ったということか」

「若様が睨まれたとおり、御父上を襲ったのは、本田豊後守やもしれませぬ」

「だとしても、証《あかし》がなければ仇討ちできぬ。せめて、父上を襲った者を捕らえることができれば、背後に誰がいるのか見えるのだが。総之介は江戸にとどまり、刺客を探しているはずだ。おれが江戸にいることだけでも伝われば、力を合わせられるのだが」

「御父上が、必ずお導きくださいます。若様、本田が仇であれば、いつ魔の手が及ぶか分かりませせぬ。くれぐれも、お気をつけくだされ」

「うむ」

真十郎は、一度だけ見たことがある本田豊後守の、狡猾《こうかつ》そうな顔を思い出していた。

あの男が父を暗殺し、幕政を牛耳って私腹を肥やしているのなら、決して許さぬ。

光平を抜刀して振るい、刀身を見つめる。

「必ず悪事を暴き、父の無念を晴らしてくれる」

「誰の無念を晴らすですって？」

玉緒の声に振り向き、光平を鞘に納めた。

「何でもない。そら耳だ」

「そら耳ねぇ。あたしは地獄耳ですよ」

「どこから聞いていた」

真十郎の厳しい目つきに、玉緒は目を泳がせる。

「やだわ、怖い顔して。ついさっき来たんですから、聞いちゃいませんよ。父の無念を晴らしてくれる、てとこだけですよ」

金兵衛が動揺して、割って入った。

「それはな、あれだ、父というのはな……」

「静恵殿の父親のことだ。大黒屋の悪事を暴く」

真十郎はごまかすために言ったのだが、玉緒は目を見開いた。

「それは駄目。伊左衛門とは、もう関わらないほうが身のためです。いくら旦那が強くても、相手が悪すぎます」

「それほどの男なら、一度会ってみたいものだ」

「御冗談を。今回のことで機嫌をそこねていますから、殺されます。関わらないと約束してください。でないと、出て行ってもらいますから」

「それは困る」

「関わらないと言ってくださいな」

「分かった。大黒屋には近づかない」

胸をなでおろすような息をする玉緒に、真十郎は用向きを訊いた。

「驚かすから忘れるところでした。用心棒の仕事です」

「今は断る」

「あら、せっかく割のいい仕事を回して差し上げたのに、断るのですか」

「用があるのだ」

「仕事よりも大事な用って、なんです？」

「それは言えぬ」

「ほんとにいいんですか。相手は芸者ですよ。しかも、美人の」

探るような顔で言う玉緒に、真十郎は薄笑いを浮かべた。

「まるでおれが女好きのようではないか」

「だって、名指しですもの」

「うむ？　おれをか」

「はい。依頼された人の名前は、お駒さんだったかしら」

真十郎は、目を見張る。

「お駒、浅草のお駒か」

「そうです。なんでも、しつこい客に付きまとわれているから。是非とも、真十郎様にお願いしたいそうですよ。どうします？」

「ここにいるのをどうやって知ったと言っていた」

「一緒に住んでいる娘から聞いたと言っていましたけど」

秋乃に口止めをしておくべきだった。

「あら、違うのですか」

「いや。確かに教えた」

「自分で売り込みをしたのなら、断れませんね」

真十郎は金兵衛を見て、苦笑いをした。

玉緒が言う。

「手当は、住込みの二食付きで、一日一分だそうです。ずいぶんと、腕を買われたものですこと」

探る目つきが厳しく思えたが、願ってもないことだ。秋乃と同じ屋根の下にいれば、総之介が来た時に会える。

「よし、受けよう。いつからだ」

「今からでも、来てほしいそうです」

「分かった」

お駒の正体を知らぬ真十郎は、光平を手に家を出て、浅草に向かった。

第三章　夢か幻か

一

「わたしの家に来て十日になりますが、月島真十郎に変わりはございませぬ」

芸者の身形《みなり》をしているお駒の報告に、本田豊後守信親は顔を険しくして、口に運びかけていた盃を置いた。

「奴は今、何をしている」

「この料理屋の控えの間で、わたしが座敷を終えて帰るのを待っています」

「昼間は、出かけているのか」

「いいえ、家にいます」

「元老中の倅《せがれ》が、小銭を稼ぐために芸者の用心棒を受けたのではあるまい。おそらく、中田総之介を待っているのだ」

顔色を変えずにいるお駒に、本田が身を乗り出して言う。

「中田の妹に、大垣家の者が近づいておるまいな」

「はい」

「自信があるようだが、こうしてお前が座敷に出ているあいだに会《お》うておらぬと、言い切れるか」

「座敷に出る時は秋乃も連れて参り、別室で待たせています」

「大人しく従っておるのか」

「はい。大垣沖綱を襲った者がいつ現れるか分からないと、脅してありますので」

「うむ。では、引き続き監視をいたせ。沖綱の倅を殺すよう、大垣家の者を脅すゆえ、討手が行く。沖綱の倅は、限流《げんりゅう》の達人と聞く。討手がしくじらぬよう、得意の吹き矢で手を貸してやれ」

「かしこまりました」

両手をつくお駒に、見くだした眼差しを向けた本田は、料理には一切手を付けず立ち上がり、部屋から出た。

廊下に控えていた家臣たちを従えて料理屋から出ると、黒漆塗りの大名駕籠に乗り、和田倉御門外の屋敷へ帰った。

本田は、大垣家の者に真十郎を殺させようとしている。あくまで大垣家家中の問題として処理させ、自分の手を汚さないつもりなのだ。

屋敷に帰る駕籠に揺られながら、本田は側用人《そばようにん》に命じて、大垣家に使いを走らせた。

呼び出しを受けた大垣家家老の正嗣《まさつぐ》が、和田倉御門外の屋敷に来たのは、翌朝だ。

正嗣を待たせている表御殿の御座の間に顔を出した本田は、険しい顔で上座に座り、面を上げさせた。

神妙な面持ちの正嗣に、本田は、いかにも心配している、という具合に言う。

「そのほうを呼び立てしたのは他でもない。実は大目付《おおめつけ》殿が、沖信殿の探索に本腰を入れるという知らせがあった。このままでは、まずいことになるぞ」

正嗣は、目を泳がせ、眼差しを下げた。

「さて、困りました。すでにこの世におらぬ者を、まるで生きておるように申されましても、我らはどうすることもできませぬ」

本田が、哀れみを含んだ薄笑いを浮かべた。

「わしもそう申したのだが、公儀の中には、御上《おかみ》をたぶらかすとは許せぬ、取り潰してしまえ、と、厳しいことを申す者がおるのだ」

「弱りました。どうすればよろしいでしょうか」

正嗣も、なかなかにしたたか者だ。

しかし、本田のほうが上手《うわて》と言えよう。

思案する顔をした本田が、厳しい眼差しを向ける。

「ここは、沖信殿ではないかと疑われておる者を、殺すしかあるまい」

「しかし、広い江戸で見つけ出すのは……」

「心配するな。わしがすでに見つけておる」

「なんと！」

さすがの正嗣も、顔を青くした。

「どうした。何を慌てておる」

「慌ててなどおりませぬ。ただ、沖信殿に似ているというのみで命を奪うのは、いかがなものかと」

「御家のためじゃ、正嗣殿。ここは、こころを鬼にして、その者に死んでもらうしかないぞ」

「いや、しかし――」

「月島真十郎なるその者は、浅草並木町に暮らすお駒という芸者の用心棒をしておる」

「芸者……」

正嗣は、言葉も出ぬ様子で、目をつむる。

本田がほくそ笑む。

「芸者風情の用心棒など、どうせ、金次第で悪さをするろくでなしに決まっておる。世のためにならぬ者を一人や二人殺したところで、なんでもあるまい。口封じに、共に暮らしている女も殺してしまえば、大垣家の未来は安泰ぞ。わしがそちの立場なら、迷わず殺す」

目をつむったまま何も言わない正嗣に、本田が苛立ちをあらわにする。

「まあ、どうするかはそちら次第だ。わしは、大垣家のためを思うて、月島真十郎の居場所を教えた。言うておくが、大目付の手の者が月島を見つけるのに日はかからぬぞ。やるなら今しかないと思え」

「はは」

正嗣が頭を下げたので、本田は、大垣家の者が始末するであろうと期待した。だが、それから三日が過ぎても、お駒から真十郎が死んだという知らせが届かなかった。

お駒が知らせてきたのは、真十郎が見知らぬ老翁と密《ひそ》かに会い、何かを探る動きを見せた、ということだ。

目障りな真十郎に討手を向けないことに腹を立てた本田は、ふたたび正嗣を呼びつけた。

「正嗣殿、何ゆえ、討手を送らぬのだ」

責め立てると、正嗣が畳に両手をつき、じろりと、厳しい眼差しを向けた。

「一つ、お尋ねしたきことがございます」

「なんだ」

「真十郎と名乗る用心棒を斬ったあかつきには、御公儀の疑いが晴れましょうか」

「当然じゃ。疑いの種が消えるのだから、誰一人として、何も言えなくなろう。もう猶予はないぞ、正嗣殿。大目付殿が、わしがそちを屋敷に呼んだことを嗅ぎつけおってな。かばい立てしておらぬかと、しつこく言うてきた。このままでは、わしの身が危ないゆえ、大目付殿が沖信殿と疑って捜している月島真十郎を、この手で捕らえねばならぬ」

正嗣が切迫した顔をした。

「御老中が、御自ら出張られるのですか」

「こうなっては、仕方あるまい。言うておくが、わしが出張れば決して逃がさぬぞ。もしも、何か隠しておるなら、大垣家は終わりと覚悟いたせ。一日だけ猶予をやる。御家を守りたくば、明日の昼までに、月島真十郎を殺せ」

正嗣は、苦渋の顔で頭を下げた。

「伝えることはそれだけだ。御家の存続がかかっていることを肝に銘じておくがよい」

「はは」

力なく立ち上がり、帰って行く正嗣。

黙って見送った本田は、武者隠しに顔を向ける。

黒松が描かれた襖を開けて、背の高い男が現れた。

三十になったばかりの男は、廊下に歩み出て、正嗣が去ったほうに鋭い眼差しを向けると、部屋に入って障子を閉め、きびすを返して座る。

物静かな男に、本田が訊く。

「不服そうだな」

「月島真十郎など、この杉村将永《すぎむらしょうえい》めが斬りますものを、何ゆえ大垣家に任せるのです」

「相手は大垣沖信だ。お前が負けるとは思うておらぬが、わしは、用心深い男でな。万が一、お前の顔を公儀隠密《こうぎおんみつ》などに見られでもすれば、厄介なことになる」

「大垣家の者が、沖信を斬りましょうか」

「今の男は、御家を守ることしか考えておらぬゆえ、必ず動く。沖信と、生き残りの者さえあの世へ行けば、わしは、枕を高くして眠れる。明日は登城する。道中の警固を頼むぞ」

「お任せを」

将永は頭を下げ、部屋から出て行った。

帰途についていた正嗣は、その足で並木町へ行き、真十郎に江戸から出るよう頼もうと決め、道を変えた。後をつける者に気付いたのは、その直後だった。

このまま並木町に行けば、つけてくる者の手前、真十郎に刀を向けることになる。

つけてくる者は、大目付の手の者か。

そう疑ったのは一瞬だった。おそらく、本田の手の者に違いない。本田は、口では我らの肩を持つふうだが、目は違う。あの目つきからは、人を意のままに操ろうとする狡猾さがうかがえる。

真十郎、いや、沖信が生きていることを認めるわけにはいかない。

本田をあきらめさせるには、どうすればいいのか。

つけてくる者を感じつつ大垣家に戻った正嗣は、敷地内にある家に帰り、誰も近づかぬよう告げて、一人、部屋に籠もった。

覚悟を決めたのは、日が沈んだ時だった。

蠟燭《ろうそく》に明かりを灯《とも》し、すずりの支度を整えると、巻紙に筆を走らせる。

最後に日付と花押《かおう》を入れた正嗣は、自分の側近を呼んだ。

「これを、今から言うお方に届けてくれ」

名を聞いた側近は、戸惑いを見せたが、正嗣は理由を訊くことを許さない。

「ゆけ」

そう言って、障子を閉めた。

その障子に血しぶきが飛んだのは、側近が屋敷を出て程なくのことだ。

本田が将軍から呼ばれたのは、江戸城に登城して、間もなくのことだった。

小姓に案内されたのは、本丸表御殿の御座の間だ。小さな中庭を背にして下段の間に入ると、上段の間の御簾《みす》は下ろされ、奥に将軍の影がある。御簾の前の右手には、裃《かみしも》をつけた壮年の侍が、気難しい人柄を表す面持ちで座っている。

その男は、幕府大目付の武田伊予守《たけだいよのかみ》だ。

将軍の懐刀と周知の人物で、この男を毛嫌いしている本田は、一瞥《いちべつ》したのみで言葉も交わさず上座に向かって正座し、将軍に頭を下げて朝のあいさつをした。

その本田に、将軍が言う。

「ちと、気が重いことがあるので呼んだ」

「何か、ございましたか」

驚いた顔を上げた本田に、将軍が言う。

「伊予が話す」

「はは」

本田が膝を転じて、武田と向かい合った。

武田が厳しい眼差しを向け、口を開く。

「昨夜、このような物が届けられました」

懐から書状を出した武田が、本田に差し出す。

冷たい眼差しの本田が、手に取る。表に宛名はなく、裏を見ても、送り主の名が入っていない。

「伊予守殿、なんじゃ、これは」

「大垣家家老、大垣正嗣殿の遺書にござる」

本田は、武田を睨《にら》む。

「遺書じゃと」

「はい」

「正嗣は死んだのか」

「昨夜、切腹されました」

まさか正嗣が自害するとは思ってもいなかった本田は、絶句した。

武田が疑いの目を向ける。

「そのお顔、やはり、覚えがあるようですな」

「わしが腹を切らせたとでも言いたいのか」

「そうは申しませぬが、遺書には、大垣家長男の沖信殿を病死と届けたことが事実であることを、命に代えて誓うと記してあります。そして豊後守殿、あなたは、わたしが沖信殿の探索に動いていると、ありもしないことを告げている。そのわけを、上様の御前でお聞かせください」

本田は不機嫌な顔を向ける。

「大垣沖信に似た者を見たと聞いたゆえ、先代沖綱殿が落命した際、長子沖信を病死と公儀に届けたのは、偽りではないかと問うたのだ」

「その際、正嗣殿はなんと申されました」

「嘘偽りはないと申したが、どうも隠し立てをしているようなので、貴殿が動いていると、脅してやったのだ。上様のご信頼を得ている大目付殿の名を出せば、正直に話すと思うたのだが、裏目に出た。まさか、自害するとは」

「考えてもいなかったと」

「さよう。しかしこうなると、ますます怪しい。正嗣殿は死をもって潔白を訴えておるが、沖信が生きていることを隠すために、犠牲となったのではないだろうか」

「仮に沖信殿が生きているとすれば、何ゆえ、沖綱殿の跡を継がせなかったのでござろうか」

「そのようなことはどうでもよい。問題は、公儀に嘘を届けているか否かだ。当主沖政殿を評定所《ひょうじょうしょ》に呼び、厳しく問わねばなるまい」

「豊後」

将軍に声をかけられて、本田は膝を転じた。

「はは」

「そちは大垣家を目の敵にしておるようじゃが、頼りの正嗣を失い、沖政はさぞ、不安であろう。評定所で責め立てれば、思いつめて自害するやもしれぬ。生前、余に尽くしてくれた沖綱に免じて、ここは引け」

「では、正嗣殿の訴えを受け入れるのですか」

「うむ。遺書のとおり、沖信はこの世におらぬ」

将軍の言葉は、本田にとって好都合だ。

大目付も動かぬとなると、沖信と総之介を始末すれば、沖綱暗殺の事実が表に出ることはない。

本田は武田を横目に、将軍に両手をついた。

「おおせに従い、今後一切、大垣家のことには関わりませぬ」

「頼むぞ」

「はは」

お駒に沖信を殺させればよい。

本田は神妙な顔で頭を下げつつ、腹で笑っていた。

二

数日後の夜、座敷を終えたお駒は、秋乃と他愛のない話をしながら家路についていた。

二人の背後には真十郎がいて、用心棒の仕事をしている。

付きまとう客などいないお駒は、真面目に用心棒をする真十郎に心苦しさを覚えていたが、役目のためと割り切り、秋乃に笑みを向ける。

秋乃が両手で口を覆い、咳《せき》をした。

「夕方からずっと咳をしているわね」

「喉が少し痛くて」

「風邪をひいたのかしら。熱はどう？　薬を買ってくださいましたので」

「平気です。先ほど真十郎様が、優しいところがあるのね」

「へえ、優しいところがあるのね」

お駒が振り向くと、真十郎は後ろを気にしていた。

「旦那？　どうされたのです？」

前を向いた真十郎が、足を速めて近づく。

「つけられている。付きまとう者かもしれぬので、そこの角を左に曲がれ」

「ええ？」

「後ろを見るな。急げ」

お駒は言われるとおりに、秋乃の手を引いて商家の角を曲がった。

真十郎は商家と商家のあいだの路地に入り、お駒と秋乃を暗がりに隠して、様子をうかがった。今日の客は、芸者を辞めて妾《めかけ》になれとしつこく、いやな男だったので、後をつけて来たのかもしれない。

どうやって追い払うか、お手並み拝見。

真十郎の所作《しょさ》を見て、剣技はそうとうなものだと感じていたお駒は、息を殺して見ていた。

すると、辻灯籠《つじどうろう》の明かりの中に、縮緬羽織《ちりめんばおり》をつけた男が現れた。

意地の悪そうな顔をした商人は、先ほどまでお駒を口説いていた、いやな客だ。

男は焦った様子であたりを見ながら、小走りをはじめた。

近づく男の前に、真十郎が歩み出る。

いきなり現れた真十郎に驚きの声をあげた男が、逃げ腰で言う。

「な、なんだい、お前は」

「お駒に付きまとうのはよさぬか」

「お駒？　ああ、今夜の芸者か」

「そうだ。あとをつけて、何をしようとしていた」

「言いがかりはよしてくださいよ。わたしの家は、こっちなんですから」

「付きまといではないのか」

「違いますよ。失礼な」

「本当だな」

「ええ、本当です」

「ならば、先に行け」

「言われなくたって行きますよ。あんな芸者、二度と呼ぶもんか」

男は不機嫌に言い、走り去った。

お駒は、付きまといなど初めからいないことがばれるかと思い肝を冷やしたが、真十郎は何も疑わず、念のため道を変えようというので、それに従って家に帰った。

化粧を落としているあいだに、秋乃が軽い夜食を作ってくれたので、三人で食べて、それぞれの部屋に入った。

真十郎は、台所に近い六畳間を使っている。夜中に裏から忍び込む者を警戒してのことだが、付きまといが嘘なのだから来るはずもない。招かざる者が来るとすれば、大垣家が送った討手だ。

真十郎は昼間眠そうにしているので、用心棒として、毎晩朝まで起きているのだろう。

物音はしないが、きっと、今夜も起きているはずだ。

布団で横になっていたお駒は、いつまでこの暮らしが続くのかと思いつつ、眠りについた。

どれほど眠った頃だろう。お駒は、身体を触られていることに気付いて、目を開けた。

胸を触られていることに驚いて起き上がろうとしたのだが、口を塞がれ、頭を押さえつけられた。

暗い中に、黒い影がある。

その者は、お駒の浴衣から手を出すと、顔を耳元に近づけた。

「本田様からの命だ。沖信を殺せ」

声を殺しているが、はっきり聞き取れる。

「しくじれば、命はない。分かったな」

お駒がうなずくと、口を塞いでいる手が離された。

お駒は、その影を睨む。

「忍び込んだお前が、殺せばいいだろう」

「たわけ、部屋に入れば気付かれて斬られ、真っ二つだ」

影は立ち上がり、音もなく廊下に歩む。

障子を開けて出た時、廊下をこちらに向かう足音がした。

「誰だ！」

わずかな気配に、真十郎が気付いた。

お駒は咄嗟《とっさ》に、悲鳴をあげた。

障子を開けた真十郎に、庭に人がいたと叫ぶ。

応じて庭に駆け下りた真十郎は、曲者を探して裏の路地まで出たが、程なく戻って来た。

「すまぬ。見失った。怪我《けが》はないか」

「はい」

「顔を見たか。今夜つけてきた男か」

お駒は首を横に振り、声に驚いて部屋に来ていた秋乃の手をにぎった。

「影しか見ていません。けど、付きまとっていた男に決まっています」

真十郎は嘘を信じたようだ。裏木戸の鍵が壊されていたので、朝まで見張るから安心して眠れと言い、背を向けて廊下に座った。

秋乃は恐ろしくなったらしく、隣の部屋から布団を引きずって来ると、お駒の隣に並べて横になり、手を差し伸べてきた。

笑みで応じたお駒は、秋乃の柔らかい手をにぎり、横になる。

目を閉じて眠るふりをしたが、頭の中は、どうやって真十郎の命を奪うか、そればかりを考えていた。

毒を飲ませるしかない。

そう決めたあと、いつのまにか眠っていたお駒は、くしゃみの音で目を覚ました。

横には、秋乃が眠っている。

布団から出て障子を開けると、夜着を肩にかけた真十郎が振り向き、苦笑いをした。

「すまん、起こしたか」

「旦那、あれからずっとそこに?」

「不覚にも、曲者をそなたの部屋に近づけたからな」

申しわけなさそうにする真十郎の優しさに、お駒は気分が落ち込んだ。

この男を、殺さなければいけない。

気付かれてはいけないと思い、お駒は明るい顔をする。

「何もなかったのですから、いいんですよ。それより冷えたでしょ。今熱いお酒を支度しますから」

「酒より、湯漬けを頼めるか。腹が減った」

「はい」

笑顔で応じたお駒は、台所に行き、まずはかまどに火を着けにかかった。

お櫃《ひつ》を開けてみると、昨夜の飯が残っていたので、温かい雑炊《ぞうすい》を食べてもらおうと支度にかかろうとして、手を止めた。

これから殺す男に、どうして気を使っているのだ。

わたしは、どうかしている。

雑炊など作らず、酒に毒を混ぜて飲ませれば、それで役目を一つ果たせるではないか。

部屋に隠している毒薬を取りに板の間に上がった時、秋乃が入って来た。

「すみません。ここはわたしが」

秋乃が、毒を隠している部屋から出てくれたのは都合がいい。

「そう。それじゃ、旦那が冷えてらっしゃるから、雑炊を作ってもらおうかしら」

「はい」

着替えを済ませていた秋乃は、前垂れを着けて台所に下りた。

お駒が自分の部屋に毒を取りに行こうとした時、背後で大きな物音がしたので、驚いて振り向くと、土間に秋乃が倒れていた。

「秋乃ちゃん。どうしたの！」

駆け下りて、うつ伏せに倒れる秋乃を抱き起こしたお駒は、目を見張る。

「凄《すご》い熱」

「大丈夫です。ただの風邪ですから」

「そんなわけないじゃない」

抱き上げて部屋に連れて行こうにも、重くてできない。

「どうした」

真十郎が板の間に入ったので、熱があることを教えると、代わってお駒を抱き上げ、布団に連れて行ってくれた。

ほのかに顔を赤らめ、ぐったりしている秋乃の額に手を当てた真十郎が、これはいかん、と言い、近くに医者はいないか訊いてきた。

「腕の良し悪《あ》しは分からないけど、一人近くに住んでいます」

そう告げると、真十郎は在所を訊き、医者を呼びに走った。そして、四半刻《しはんとき》（約三十分）もしないうちに連れて来た。

渋面をして秋乃を診たのは、長崎帰りだと噂の医者で、名を弘昌《ひろまさ》という。

腰からひょうたんを取って栓を開けた弘昌は、一口飲んだ。

かすかに焼酎の匂いがする。

「こいつは、江戸で流行《はや》っている悪い風邪にかかっているな。油断すれば肺炎を起こすので気をつけてやれ」

お駒は心配したが、それ以上に真十郎が心配した。

「先生、なんとかしてくれ」

弘昌に詰め寄る様は、ほとんど狼狽《ろうばい》に近い。

仲が良かった中田総之介の妹だからだろうと思っていたのだが、違っていた。

真十郎は、次の日に熱を出してしまったお駒のことも心配し、寝込んだ二人の女を懸命に看病してくれたのだ。

一人で暮らしている真十郎は、食事の支度はお手のものらしい。

作ってくれた卵のおかゆは、ほのかに出汁《だし》が利いていて、塩加減も絶妙だ。

秋乃などは、美味《おい》しいと目を丸くし、恐縮して涙を流した。

お駒が正体を知らないと思っている真十郎は、そんな秋乃に困り顔をしている。

大名家の跡取り息子でありながら、下々の者を優しく気づかう真十郎と、冷徹で恐ろしい本田をくらべたお駒は、胸の内を表すように背中の傷が痛み、顔をゆがめた。

幸い、お駒の熱は二日で下がった。

真十郎の看病のおかげであることは、ゆるぎないことだ。

まだ辛《つら》そうな秋乃の世話をする真十郎を見ていたお駒は、襖を閉め、毒薬を隠している押し入れに顔を向ける。

殺さなければ、自分の命はない。

しかし、あの男を殺していいのか。

迷ったお駒は、きつく目を閉じる。

気持ちが定まらぬうちに、その時は唐突におとずれた。

隣の部屋で看病をしていた真十郎が、秋乃を抱いて、足で襖を開けて入って来たのだ。

「家を囲まれた」

何を言っているのか、すぐには理解できなかった。

「何に、囲まれたのです」

「家の中をうかがう者がいた。気配も一つや二つではない」

真十郎は行灯《あんどん》の火を吹き消し、暗がりの中で自分の部屋から刀を持って戻ると、外障子のそばに座り、少しだけ開けた。

人が板塀を越えて裏庭に入ったのは、その時だ。

廊下に土足で上がる気配がしたと同時に、真十郎が障子を開けて出る。

月明かりの中に、無数の人影が見えた。

「真十郎だ。やれ！」

男の怒鳴り声がして、襲撃者が刀を抜く。

お駒が見るかぎり、襲撃者は侍ではなく町人の男だ。みな人相が悪く、ろくな人間とは思えない。

男たちが振り上げた大刀が、月明かりに鈍く光るのが見えたその刹那、真十郎が抜刀して振るい、瞬く間に二人倒した。

「野郎！」

襲撃者たちが大声をあげて斬りかかったが、真十郎は刀を弾《はじ》き飛ばし、相手の足を斬る。

狭い庭にいる三人の襲撃者と対峙《たいじ》している真十郎の背後の廊下に、二人の浪人が忍び込んで来た。

気付くのが遅れた真十郎は、一撃を受けそこねて、腕を斬られた。

傷は浅いらしく、押し返して浪人の足を切断し、次に斬りかかった浪人の一撃を受け止める。

廊下にいる浪人が刀に力を込め、庭にいる真十郎の肩を押し斬ろうとしている。

このままでは殺される。

お駒は無我夢中で押し入れを開け、隠していた吹き矢で浪人を狙った。

首の後ろに毒針が刺さった浪人が、呻《うめ》き声をあげる。

真十郎は刀を押し返して、腹を斬って倒した。

それでも、真十郎の窮地は続いた。

庭の敵が、背後から迫ったのだ。

刀を持った男たちに囲まれる真十郎を助けようとしたお駒は、吹き矢の筒に新しい矢を仕込もうとしたのだが、突然、表側の襖が開けられたので、目を見張って振り向いた。

暗い客間から入ったのは、長いあいだ待っていた男だ。

「総之介様！」

驚くお駒の声に、秋乃が顔を向ける。

「兄上」

うなずいた総之介が、抜刀して真十郎に加勢し、斬り合いの乱闘がはじまった。

お駒は、恐怖と熱で動けない秋乃を助けるべく、腕を引いて立たせ、表に逃げようと客間に出た。

表の廊下に出た時、背後から迫る気配に気付いて振り向いたお駒は、秋乃を背中にかばった。そのお駒に迫った男が、匕首《あいくち》で腹を刺した。

「うっ」

お駒を刺したのは、勝次だ。

激痛に顔をゆがめるお駒に、勝次が憎々しい顔をする。

「邪魔をしやがって、このくそ女が」

勝次は匕首を引き抜くと、外へ逃げて行った。

足の力が抜けるお駒を支え、秋乃が叫ぶ。

「お駒姐《ねえ》さん！　姐さん、しっかりして！」

三

斬りかかって来た男の刀を弾き上げ、片手斬りに足を斬った真十郎は、お駒を呼ぶ秋乃の悲痛な声に振り返り、座敷に駆け上がった。

廊下で戦う総之介の相手を斬り、声がする表に行くと、お駒が倒れ、苦しんでいた。

「どうした」

「お腹《なか》を刺されたようです」

秋乃が泣きながら言う。

「刺した奴は」

「逃げました」

真十郎は表の廊下と庭を確かめ、お駒のところへ戻った。

お駒は呻くばかりだ。

「どこをやられた」

「暗くて見えない。待っていろよ」

真十郎は明かりを取りに、お駒の部屋に戻った。総之介が最後の一人を倒したところだった。

蠟燭に火を着けようとしている真十郎に、総之介が駆け寄る。

「若様」

「お駒がやられた。話はあとだ」

驚いた総之介が、客間に行く。

行灯に火をつけた真十郎は、燭台《しょくだい》に蠟燭を立てて火を移し、客間に戻った。

苦しむお駒に声をかけている総之介の向かいに行き、明かりを近づける。

腹を押さえていたお駒の手は、やはり血で染まっていた。

「いかん。血を止めねば」

「医者を呼んできます」

立ち上がる総之介に、真十郎が言う。

「路地を表に出て右に行ったところに、弘昌という先生が住んでいる。長崎帰り、と書いた目立つ看板を上げているので行けば分かる」

「はい」

「気をつけろ。逃げた奴らが潜んでいるかもしれぬ」

「はい」

総之介は外に駆け出た。

そのあいだも血は流れている。

このままでは命が危ないので、真十郎は血を止めにかかった。

脇差を抜いて帯を切り、手をどかせて浴衣の前を開いた。

「秋乃殿、さらしはあるか」

「持って参ります」

秋乃は客間から出て行った。

刃物の傷は左の脇腹にあり、手を当てても血が止まらない。縫《ぬ》わなくてはいけないが、医者が来るまで少しでも血を止めなければ。

戻った秋乃からさらしを受け取った真十郎は、傷口に当てて、強く押さえる。

痛みに呻くお駒の声が、弱くなっている。

「おい、しっかりしろ。もうすぐ医者が来る」

露《あらわ》になった下腹と胸を秋乃が隠してやり、お駒の手をにぎった。

「姐さん、目を開けて」

額に玉の汗を浮かせているお駒が、苦しみながらも目を開けた。

「そ、総之介様は」

「兄上は弘昌先生を呼びに行っています」

お駒は真十郎に顔を向けた。

「三人とも、命を狙われています。わたしのことはいいから、急いで江戸から逃げて」

「吹き矢で助けてくれた礼を言うぞ。お前は何者なのだ。誰がおれたちの命を狙っている」

お駒は何かを言おうとしたのだが、すうっと、身体の力が抜けた。

秋乃が息を飲む。

「姐さん？　姐さん！」

真十郎は、お駒の鼻に頬を近づけた。

「死んではいない。気を失っただけだ」

人が庭に入って来た。総之介が弘昌を連れて戻ったのだ。

背負われていた弘昌が廊下に降り、真十郎に代わって傷を診る。

「風邪をひいたかと思えば、今度はこの騒ぎか。いったいどうなっておるのだ、この家は」

「気を失っているうちに縫えぬか」

真十郎が言うと、弘昌が厳しい顔を向けた。

「その前に傷の具合を調べる。目を覚ますといけぬので、手足を押さえておれ」

応じた真十郎が手を押さえると、総之介は医者の手箱を置き、足を押さえた。

手箱を開けた医者は、針と糸を支度し、薬の粉を小さじに取ると、お駒の口に入れた。

落ち着いた仕草でさらしを手箱から出し、腰に下げていたひょうたんの栓を抜くと、一口飲んだ。

きつい焼酎なのだろう。飲んだ後に顔をゆがめて息を吐き、ひょうたんを傾けて流した焼酎で指を洗うと、お駒の横に膝を進め、中指を腹の傷口に入れた。

見ていた秋乃が気を失ったので、真十郎は咄嗟《とっさ》に身体を支え、横にさせた。

弘昌がすかさず言う。

「しっかり手を押さえておれ。目を覚まして暴れられたら、傷が広がるではないか」

「すまん」

腹を探っていた指を抜いた医者が、傷は臓腑《ぞうふ》に達していないと言うので、真十郎と総之介は顔を見合わせて、互いにうなずく。

弘昌は、お駒の腹にひょうたんの口を近づけ、傷口を洗い流した。

血が流れる傷口に針を刺し、手早く縫う。その手つきは、長崎帰りを謳《うた》うだけあり見事なもので、程なく血が止まった。

「これでよし。薬を置いておくので、目を覚ましたら飲ませてやれ。それとな、ちと値が張るが、傷口に金箔《きんぱく》を当てると、膿《う》むのを防げるぞ。どうする」

「そうしてもらおう」

頼んだ真十郎に真顔でうなずいた弘昌が、焼酎で湿らせたさらしで傷の回りを拭き、手箱から出した金箔を傷に当て、さらしで覆った。

「十日ほど安静にしておれば、糸が取れる」

「いくらだ」

「そうじゃの、一両ほどいただこうか」

真十郎は、財布から出した一両小判を渡した。

確かに、と言って納めた弘昌は、明日また来ると言って帰った。

だが真十郎は、明日はないと思い、総之介に言う。

「ここは危ない。どこかに身を隠さねば」

総之介が身を乗り出す。

「では、志衛館に参りましょう。あそこなら、わたしの師匠と兄弟子たちが守ってくれます」

「よし」

真十郎は秋乃に活を入れて目覚めさせると、ここを出ると告げ、お駒は外した雨戸に乗せて、総之介と力を合わせて運んだ。

あとをつける者を警戒しつつ、東本願寺近くの志衛館に着くと、門弟が入れてくれた。

やはり志衛館の連中は、総之介を匿《かくま》っていた。

真十郎が先日訪ねた時、道場の館長、徳定兼五《とくさだけんご》をはじめ、門弟たちが総之介の行方を言わなかったのは、総之介が、誰が来てもそうするよう頼んでいたからだった。

秋乃にお駒の看病を頼んだ真十郎は、別の部屋で、総之介と二人きりで話した。

「おれがここを訪ねた時、どうして顔を見せなかった」

総之介は、神妙な顔をうつむけた。

「あの日は、いなかったのでございます。浪人の尋ね人があったと師匠に教えていただいたのですが、まさか若様とは思わず、てっきり刺客と思い、そのままに」

「おれが江戸に戻ったことは、秋乃殿から聞いたのか」

「いえ。御家老から聞きました」

「叔父上から」

　真十郎は驚いた。

「叔父上は、お前の居場所をご存じだったのか」

「はい」

「逃げたというのは、偽りだったのか」

「わたしは、殿をお守りできなかった自分が許せず、腹を切ってお詫《わ》びをしようとしたのですが、御家老が長屋に来られ、止められました。死ぬ気ならば、このまま家を出て殿の仇《かたき》を討てと、命じられたのです」

　命に従って藩邸を出た総之介は、密かに正嗣と連絡を取りながら、沖綱を殺した黒幕を探していたという。

　真十郎は、総之介を見据えた。

「おれがお前を捜していたことを、叔父上は言わなかったか」

「おっしゃいました」

「ならば、何ゆえ顔を出さぬ」

「知ったその日に、深川へお会いしに行ったのでございますが、いざお姿を見ると、殿をお守りできなかった申しわけなさと後ろめたさが先に立ち、足がすくんだのでございます」

「それで、お駒の用心棒をするおれのことを、遠くから見ていたのか」

「今日は、お伝えせねばならぬことがございましたので来たのですが、どうしても勇気が出ず、家の周りをうろついているあいだに、夜になってしまったのです。そうしていたところへ、曲者が」

「いらぬ気を使いおって。だが、おかげで今日は助かった。礼を言う」

総之介は慌てた。

「どうか、頭をお上げください。わたしは当然のことをしただけです」

顔を上げた真十郎は、やっと会えたと喜び、訊いた。

「おれに伝えたいこととはなんだ」

総之介は戸惑い、うつむく。

「何かあったのなら、隠さず教えてくれ。そのために来たのだろう」

総之介が畳に両手をつき、悔しげな顔を向けた。

「御家老が、自害されました」

「何！」

真十郎の脳裏に、深川の家から帰る時に見せた、正嗣の顔が浮かぶ。

「まさか、おれのために――」

「若様のせいではございませぬ。御家老を追い込んだのは、老中の本田豊後守です。奴は、若様を御家老に殺させようとたくらみ、しつこく脅してきたのです」

真十郎は、怒りと悲しみで胸が裂けそうだった。

「何のために、老中がおれの命を狙う」

「若様の、剣を恐れてのことでございましょう」

「おれの剣だと」

「はい」

真十郎は、総之介が言わんとしていることを察した。

「父を殺したのは、やはり本田か」

総之介が、険しい顔でうなずく。

「殿は物取りに襲われたのではなく、本田が送った刺客に、闇討ちされたのです」

「証《あかし》は、あるのか」

「刺客の二人には逃げられてしまいましたが、斬られた同輩が息を引き取る前に、襲ったのは杉村将永だと、言い残しました」

「何者だ」

「一年前におこなわれた将軍家御前試合で勝ち残った強者《つわもの》で、そののち、本田家に召し抱えられたという噂の者でございます」

「叔父上は、このことを知っていたのか」

総之介は首を横に振る。

「何ゆえ言わなかったのだ」

「本田は殿と、幕政のことで何かと衝突していましたので、御家老が御公儀に訴えられても、言いがかりだと言って、逃れるに決まっています。訴えた意趣返しに、御家が取り潰しにされるのではないかと思い、怖くて言えませんでした」

「そこまで考えたか。本田なら、あり得るな」

「杉村を捕らえて白状させれば、本田を失脚させ、大垣家の所領を取り戻せると思っていたのですが、本田屋敷の守りはさすがに堅く、杉村も、どこにいるのか分かりません」

真十郎は目を閉じ、長い息を吐いた。

「よう生きていてくれた。杉村が本田の屋敷にいるなら、一人で捕らえるのは無理だったろう。これからは、おれがいる。父の仇は、おれが討つ」

「助太刀をさせてください」

「うむ。だが、本田と杉村を倒すには、正面からぶつかったのでは無理だ。おれは一旦、深川に戻る」

「若様お一人で、何をされるおつもりですか」

「本田を探るのは命がけとなろう。その前に、邪魔者を倒す」

「誰です」

「大黒屋だ。先ほど襲って来たのは、大黒屋の手下だ。奴を倒すことは、江戸の民のためにもなる」

「ならば、お手伝いをさせてください」

「お前はここに身を潜めていろ」

「しかし……」

「お駒の正体が気になる。それとなく探ってくれ。よいな」

真十郎は総之介に言い含め、深川に帰った。


その頃、大黒屋伊左衛門は、京橋北の自宅に本田を招き、客間で膝を突き合わせていた。

次の間に控える杉村将永は、静かに正座し、客間の話に耳を傾けている。

本田は、客間に座るなり、大黒屋から、お駒の家にいる真十郎を狙ってしくじったことを教えられ、言葉を失っていた。

その様子に、大黒屋が目を細めて訊く。

「本田様、いかがされた」

「勝次が刺したという芸者は、わしの密偵だ。大垣の倅が用心棒をしていると分かったので、泊まり込みで雇って引き込み、見張らせていた。正嗣が自害して使えなくなったゆえ、密偵に、殺せと命じたばかりだった」

「それは、とんだ邪魔をしましたな」

大黒屋伊左衛門はあやまらない。

本田は怒るどころか、伊左衛門の顔色をうかがっている。

「真十郎を助けに入ったのは、総之介かもしれぬ。逃がしたのか」

「新手を差し向けましたところ、残っていたのは手下の骸《むくろ》のみ。密偵といわれる女も、いなかったと聞いております。それに、勝次が申しますには、真十郎を殺そうとしていた用心棒の邪魔をしたのは、吹き矢を使う女だそうで」

「馬鹿な、わしの密偵が裏切ったと申すか」

「さて、それはなんとも」

「総之介の口から、杉村のことが真十郎に伝わっているやもしれぬ。真十郎に知られたら厄介だぞ、これからどうする。どうすればよい」

知恵を求められた伊左衛門は、余裕の表情だ。

「まあ、そう慌てることはありませぬぞ。真十郎には、わたしが見込んだ刺客を送り、必ず殺しますので」

「その者は使えるのか。真十郎の剣技は、侮《あなど》れぬぞ」

「お任せください。それよりも本田様、今宵《こよい》お越し願ったのは、ほかでもありませぬ。そろそろ、貴方《あなた》様を老中首座にして差し上げた礼を、していただこうかと思います。まさか、お忘れではございますまい」

本田は、苛立ちをあらわにした。

「忘れてはおらぬ。何をしてほしいのだ」

「この大黒屋伊左衛門に、金座を任せていただきたい」

本田は目を見張った。あまりのことに、笑いしか出ぬ様子だ。

「馬鹿を申すな。金座は家康公の時代から後藤《ごとう》家の世襲と定まっておる。わしの力でどうこうできることではない。銀座も同じぞ」

先回りをして拒む本田に、伊左衛門は切り出す。

「では、銭座はいかがですか」

本田は、渋い顔をした。

「銭座ならば、なんとかなる」

「それでよろしゅうございます」

金座からあっさり引き下がる伊左衛門の様子に、本田はいぶかしい顔をした。

「銭座を仕切って、何をするつもりだ。言うておくが、横流しは重罪ぞ」

「ふ、ふ、ふ。大垣老中を暗殺したお方が、それを申しますか」

「あれは、お前が――」

「さよう。策を申し上げました。しかし、それをまことにしたのは本田様、お前様の御決断ですぞ。念願の老中首座となり、大名旗本から多額の賄賂を受け取っておられるのですから、この伊左衛門が少しばかり稼がせていただいても、罰は当たりますまい。口止め料と思えば、銭座のことに目をつむるくらい、安いものでは」

「貴様、わしを脅す気か」

本田の怒りに沿うように、杉村が襖を開け、刀の鯉口を切る。

だが伊左衛門は、眉一つ動かさない。

「わたしを斬ったところで、一文の得にもなりませぬぞ。力を合わせて、江戸の富を思うままにしたほうが、よろしいのでは」

本田は伊左衛門を睨み、悪い笑みを浮かべた。

「杉村、下がれ」

「はは」

鯉口を戻した杉村が、襖を閉めた。

本田が言う。

「いいだろう。銭座は好きにいたせ。ただし、ばれぬよううまくやれ」

「こころえました」

銭座を手に入れたことで気分をよくした伊左衛門は、真十郎を必ず始末すると約束し、帰る本田に、小判の手土産を持たせた。

見送りを終えた伊左衛門は、部屋に勝次を呼んだ。

呼ばれてすぐ現れた勝次は、失敗を重ねているので、怯えた様子だ。

伊左衛門は腕組みをして、怒気を帯びた眼差しを向ける。

「勝次」

「はい」

「お前が刺した女は、本田様の密偵だったらしいぞ」

勝次は真っ青になった。

「本田様は怒らなかったが、わたしはそうはいかん」

伊左衛門が立ち上がると、勝次は居住まいを正した。

殺される覚悟を決めた様子の勝次を見くだした伊左衛門は、刀掛けに置いている大刀を手にして歩み寄り、勝次に差し出した。

驚いた顔を上げる勝次に言う。

「月島真十郎を必ず殺せ。殺すまでは、二度とその面を見せるな。言っておくが、逃げようなんざ考えるなよ。裏切ればどこまでも追い、死ぬよりも辛い目に遭《あ》わせるから覚えておけ」

「必ず、野郎の息の根を止めてやります」

「わたしの用心棒を使え」

「よろしいのですか」

「話はしてある。今頃は、刀を研《と》いで待っているはずだ。行け」

勝次は伊左衛門の刀を押しいただいて下がると、夜の町へ出た。

四

深川島田町の家にいた真十郎は、夜も眠らずに、どうすれば大黒屋を町奉行所に引き渡せるか考えていたのだが、妙案はまったく浮かばなかった。

お駒の家で襲われた時、一人か二人、生け捕りにすればよかったと、後悔していた。

玉緒に頼んで、大黒屋に苦しめられている者の用心棒の仕事を紹介してもらおうと思いついたのは、翌日の昼過ぎだった。

麴町の丸屋のことが、昨日のことのように頭に浮かぶ。

江戸のどこかで、大黒屋に苦しめられている者は必ずいるはずだ。次に勝次の顔を見たら、生け捕りにして悪事を吐露《とろ》させ、大黒屋を潰す。

その次は、本田だ。

父の無念を一日でも早く晴らしたい真十郎は、玉緒のところに行こうとして、勝手口に出た。

戸を開けようと手を伸ばすのと、外から引き開けられるのが同時だった。

勢いよく入って来た玉緒と鉢合わせになり、驚いた玉緒が後ろに倒れそうになるのを、真十郎が手をつかんで引き戻す。

玉緒と抱き合う形になり、鬢《びん》付け油のいい香りがした。

真十郎の胸に片手を当てて、顔がぶつかるのを防いでいた玉緒が、下から見上げる。

目が合った真十郎は、年上女の色香に胸が高鳴った。

「すまん」

手を放して離れようとすると、玉緒が袖をつかんで引き戻す。

「旦那、たいへんですよ」

「何か、あったのか」

「大ありですよ。今知り合いから聞いたばかりですけどね、旦那に報《しら》せなきゃと思って、お邪魔したんです。大黒屋が、深川の銭座に来ますよ」

「銭座に、何をしに来るのだ」

「近いうちに、銭座を任されることになったそうです」

「何、あの悪党に銭座を任せるのか」

「御上は、大黒屋伊左衛門とつるんでいるに決まっているって噂です。新しい御老中に賄賂を贈って、便宜を図ってもらったのでしょうね」

「ということは、今以上の力を持つことになるな」

「役人とまでは、いきませんけど」

真十郎は焦った。このうえ御家人か旗本株でも手に入れれば、ますます悪事を働くと思ったのだ。

「玉緒殿、麹町の丸屋母娘《おやこ》を覚えているか」

玉緒が不思議そうな顔をする。

「覚えていますけど、それが何か？」

「あの時のように、大黒屋伊左衛門に苦しめられている者から用心棒の依頼がきていないか」

「あいにくありませんが、どうしてです」

手下に命を狙われたことを言えば、とばっちりを嫌って家から追い出されそうなので、言葉を選んだ。

「お染殿と静恵殿のように、悲しい思いをする者を出さぬためにも、今のうちに、大黒屋の悪事を暴き、町奉行所に突き出してやりたいのだ」

「そんなことしたら、命がいくつあっても足りゃしませんよ。関わらないのが一番です」

「さては、おれにそうさせぬために、用心棒の仕事がないと言ったな」

玉緒が目を泳がせる。

「ち、違いますよ。ほんとうにないのです。それより旦那、家を移りませんか。丸屋のこともあるし、大黒屋が深川に来るとなると、ここにいるのは危ないでしょ」

「どこに」

「品川はどうです」

「断る。おれは、やることがあるのだ」

玉緒が眉間にしわを寄せ、首を傾《かし》げた。

「やることって、用心棒の仕事のほかに、何があるんです」

「それは言えぬ」

玉緒が目を細め、腕組みをして顎を上げ、疑いの眼差しを向ける。

「ははん、さては、用心棒をした浅草の芸者と、何かありましたね。好《い》い仲になったんでしょ。だから遠くへ行きたくないんでしょ」

「馬鹿、そんなこと、あるものか」

お駒はあれからどうなったのか、気になった。総之介は、大人しくしているだろうか。

「ちと、出かける」

「ほらやっぱり、言ったそばから悩ましい顔をして。どうせ、芸者のことを思い出したんでしょ。それで会いに行くんでしょ」

「違う。とにかく今は、家移りはせぬからな」

真十郎はそう言うと、愛刀光平を腰に帯びて家を出た。

一人残された玉緒は、戸口を睨む。

「図星かな」

そう勘ぐると、台所を見回し、かまどに置かれたままの飯炊き釜の蓋を開け、中をのぞいた。

真十郎は、今夜の分を残している。

それを見た玉緒は、泊まる気はないようだと思ったらしく、蓋を閉めて、明るい顔で帰って行った。

吾妻橋を渡り、志衛館に行った真十郎は、門人に案内された客間で総之介を待った。

稽古に汗を流す門人たちの声が、遠くから聞こえてくる。

道場を見たことはないが、ここの敷地はかなり広いようだ。

大勢の門人がいる道場ならば、総之介たちが襲われる心配はない。

正座して待つこと程なく、急ぐ足音が廊下でして、総之介が来た。

「若様、お待たせしました」

庭を背にして正座する総之介は、前より一層、疲れた顔をしている。

「その後、お駒はどうだ」

総之介は、ためらう様子を見せた。

「いかがした」

「目を覚まして、今は養生をしています」

「そうか」

「若様がお見えと聞き、直《じか》に話をするよう言ったのですが、拒まれました」

真十郎はうなずく。

「おれのせいで危ない目に遭ったのだ。無理もない」

「そうではないのです」

総之介が膝を進め、神妙な顔で言う。

「お駒は、本田の密偵でした」

思わぬことに、真十郎は目を見開く。

「おれが江戸に戻ったことを叔父上が知っていたのは、正体を、お駒に知られていたからか」

「はい。妹と話されているのを聞き、若様のことを知ったそうです。お駒は、わたしが妹の前に現れたら、殺せと命じられていたそうです。そんな時に若様が現れたので、本田に報告したと、申しております」

「そうであったか」

だとすると、何ゆえ、命を助けてくれたのだろうか。

疑問に思っていると、総之介が辛そうな顔をした。

「殿が襲われたのは、わたしのせいです。お駒を密偵と気付かず油断して、殿がお出かけになることを、つい……」

暗殺をたくらむ本田が、お駒を使って沖綱の行動を調べ、凶行に及んだ。

お駒が白状したすべてを話した総之介は、真十郎に両手をついて詫びた。

疲れた顔をしていたのは、心労のせいだったのだ。

「己を責めるな。悪いのは、父を殺した者だ」

「しかし」

「言うな。お前のせいではない」

総之介はふたたび頭を下げた。

「頭を上げてくれ。おれは、お前を恨んだりはせぬ。これまでどおりだ。よいな」

「はい」

安心した顔を上げた総之介に、真十郎はうなずく。そして、腕組みをして考えた。

「お駒がおれを助けたのは、何ゆえだろうな。本田にとっておれは、邪魔者のはずだが」

「自分でも、よく分からないと申しています。気付いた時には、吹き矢を持っていたそうです。妹は、若様のお優しさに触れて、お駒の気持ちが揺らいだのではないかと、申しておりました。熱を出した妹を手厚く看病していただいたと聞きました。お礼を申し上げます」

「やめてくれ。当然のことをしたまでだ」

「若様、お願いがございます」

「聞こう」

「お駒は、本田が殿を暗殺することを知らなかったと申しております。この数日若様と過ごすうちに、罪を償いたいと思うようになり、許されるなら、若様のお力になりたいと申しております」

「罪滅ぼしに、仇討ちを手伝うというのか」

「はい」

「断る」

即答する真十郎に、総之介は肩を落とした。

真十郎が言う。

「命の恩人を、危ない目に遭わせるわけにはいかぬであろう」

「若様……」

「傷が癒えたら、好きにさせてやれ。本田の下へ戻っても構わぬ」

「戻れば、おそらく殺されます」

「何ゆえだ」

「お駒を刺したのは、勝次という大黒屋の手下です」

「やはりそうか。しかし、何ゆえお駒が本田に殺されることになる」

「大黒屋と本田は、手を組んでいるそうです」

「何！」

「刺した勝次は、お駒を知らぬそうですが、お駒のほうは、勝次がたまに料理屋に来ていたので、女将から気をつけるよう言われていたそうです。ゆえに、大黒屋の邪魔をしたお駒は、本田を裏切ったことになりますので、戻れば殺されましょう」

「そういうことか。大黒屋が本田とつながっているなら、捕らえても、御上による裁きは期待できぬな」

総之介がうなずく。

「大黒屋は、日に日に力を増していると、兄弟子から聞いています」

「近いうちに、銭座を任されるそうだ」

「なんと」

驚く総之介に、真十郎は言う。

「民を苦しめる悪人に好き放題させては、あの世で父上が悲しまれる。大黒屋は、父上に代わっておれが成敗する」

「助太刀させてください」

「いや、お前はここに残り、仇討ちに備えよ」

「お手伝いさせてください」

「ならぬ。そのように疲れた様子では、足手まといになるだけだ。ゆっくり休め」

「お一人で大黒屋を相手にされるのは、無茶です」

「心配するな。正面からは行かぬ」

真十郎はそう言って、道場をあとにした。

五

さて、どうするか。

総之介に、あたかも策があるように言ったものの、まったく妙案が浮かばぬ真十郎は、悩みながら、吾妻橋を渡り、肥後熊本新田藩《ひごくまもとしんでん》の下屋敷の角を左に曲がり、町中を歩んで島田町に向かう。

誰もいない家で残り物の飯を食べる気になれず、仙台堀のほとりで目にとまった居酒屋に入り、あさりがたっぷり乗った深川めしと、熱燗《あつかん》で腹を満たした。

身体が温まったところで、銭を払って店を出た真十郎は、仙台堀に架かる橋を渡った。すっかり夜もふけていたので、町の人通りは絶えている。

遠くで、夜回りが打つ拍子木《ひょうしぎ》の音がしているが、火の用心の声は聞こえない。

二十間川の黒い川面《かわも》を左に見つつ歩んでいた真十郎は、月明かりの中、町屋の角から歩み出た人影に気付き、立ち止まった。

顔は見えないが、こちらを見ている気配がある。

「月島真十郎だな」

低く通る声には、気迫が籠もっている。

殺気を覚えた真十郎は、警戒した。

「何者だ」

「恨みはないが、斬る」

刺客は静かに抜刀し、間合いを詰めて来る。

真十郎は下がった。

下がりながら、光平の鯉口を切る。

迫る刺客は、真十郎が止まるや、右手に下げていた大刀を両手でにぎり、猛然と突く。

真十郎は右手で光平を抜き、胸に迫る切っ先を抜刀術で弾き上げるや、柄《つか》を両手でにぎり、相手の肩を狙って斬り下ろした。

身体を横に転じてかわされ、空を斬る。その刹那、刺客が刀を振るう。

受けそこねた真十郎は左腕を斬られ、手首に血が伝い、柄からしたたり落ちた。

ぱっくりと割れた着物を押さえつつ、真十郎は下がる。だが、背後に別の人影が現れた。その者どもは真十郎を囲み、大刀を抜く。

歩み出た一人は、勝次だ。

「今日こそ、あの世へ行ってもらうぞ」

勝次は怒気を含んだ顔で睨み、抜刀した。

相手は六人。

手負いの真十郎は、じりじりと下がったが、かかとが道から外れた。背後は堀川だ。前に出るしか、生きる道はない。

真十郎は大きな息をして、こころを無にした。

人を見るのではなく、気を見る。

「この野郎！」

手下が横から斬りかかった。

真十郎は身体を左に転じて刃をかわし、右手で刀を振るって足を斬り上げる。

痛みに叫ぶ手下の声を背中で聞きながら、真十郎は正面から襲いかかった手下の刀を受け止め、押し返して肩を斬る。

左手から斬りかかろうとした手下に切っ先を向けると、相手は刀を振り上げたまま止まった。

喉元に切っ先を向けて前に出ると、相手も下がる。そして、足を踏み外して川に落ちた。

「やあ！」

別の手下が大声をあげ迫り、力任せに刀を振るう。

真十郎は一撃を受け止めたが、その者は力が強く、押し込まれた。危うく肩を押し斬られそうになるところを横にかわし、勢い余って前のめりになる手下の横腹を突いた。

その刹那、真十郎は刺客の浪人に背中を斬られた。

「うっ」

激痛に顔をゆがめて振り向く真十郎の頭を狙って、刺客が刀を打ち下ろす。

咄嗟に前に出た真十郎は、刺客の腹を斬り抜けた。

背後で呻き声をあげた刺客が、両膝をついて腹をかかえ、前のめりに倒れた。

勝次の姿がない。

雲が流れ、月が隠れた。

真十郎は光平を右手に下げ、闇の中で気配を探った。

背中の痛みに続いて目まいに襲われ、よろけて家の壁にもたれかかった。

こんなところで、死ぬわけにはいかぬ。

勝次が仲間を呼んで来る前に去ろうとして、足を踏み出した時、腰高障子を破って、目の前に刀が突き出された。

真十郎は、無意識に反応して、障子に刀を突き入れた。

「ぎゃあああ」

手ごたえを感じた真十郎が、光平を引き抜いて下がると、障子に血しぶきが飛んだ。

真十郎が腰高障子を開けると、胸を押さえてよろめいた勝次が、鬼の形相で刀を振り上げたところで血を吐き、仰向《あおむ》けに倒れた。

家から出て来た若い男が、悲鳴をあげて逃げていく。

気付けば、野次馬が集まりはじめていた。

役人が来れば厄介なことになるので、真十郎は痛みをこらえて、その場から逃げた。

朦朧《もうろう》とする意識の中、真十郎が向かったのは、自分の家だ。

今、新手に襲われたら、斬り抜けることはできないだろう。

金兵衛を頼ることも考えたが、年寄りを巻き込むことはやめた。

板塀や商家の戸に寄りかかりながら、やっとの思いで家の裏路地まで帰った真十郎は、垣根の木戸を開けて庭に入ったところで、意識を失った。

誰かが声をかけたが、真十郎は答えることができない。

ぼんやりとした意識の中で、家に運べ、医者を呼べ、という、男の声がする。

次に感じたのは、背中を触られ、時折襲う痛みだ。耐えられない痛みに目覚め、歯を食いしばる。何かを嚙《か》まされていたので吐き出そうとしたが、猿ぐつわのように離れない。

「今縫うておるから、じっとしておれ」

そう言うのは医者だろう。

自分は助かったのだ。

ふたたび耐え難い痛みが背中に押し寄せ、真十郎は呻いた。

手足を誰かに押さえられ、身動きができない。

「よし、終わったぞ。傷は深いが、しばらく養生すれば治る。熱が出ると思うので、今夜は油断ならぬ」

医者の言葉は耳に届いているのだが、真十郎は、声を出す気力がなかった。

薬を飲まされていたのか、今になって強い眠気に襲われて、意識を失った。

どれほど眠ったのだろう。

目を開けた真十郎は、日が当たる外障子に顔を向けた。

ここは、どこだ。

真新しい畳の匂いがする部屋は、見覚えがない。

襖には藤の花と、枝の下でたわむれる雉《きじ》のつがいが描かれている。

うつ伏せにされていた真十郎は、起きようとして背中の痛みに襲われ、斬られたことを思い出した。

酒を飲んでいたせいで、不覚をとったのだ。

勝次とその手下はともかく、浪人は手強《てごわ》い相手だった。殺されなかったのは、運がよかったとしか思えない。

父上が、守ってくだされたか。

ここにいては、助けてくれた者に迷惑がかかると思い、真十郎は痛みに耐えながら、起き上がった。

廊下の障子が開けられたのは、その時だ。

「旦那、ちょっと、何をしているの。起きたら傷が開きますよ」

覚えのある声に顔を向けると、玉緒が怒った顔をしていた。

「寝てなきゃ駄目です」

ほら、横になって、と言い、手を差し伸べてうつ伏せにしてくれた玉緒に、真十郎は顔を向けた。

「玉緒殿、おれはどうなっていたのだ」

「よろよろ歩いているところを見かけた夜回りが、心配して付いて来てみたら、庭で倒れたそうですよ。ちょっとした騒ぎになったんですから」

「すまぬ。迷惑をかけた」

「そんなことはいいんですよ。それより、誰にやられたのです」

「大黒屋の手の者だ」

玉緒の顔色が変わった。

「やっぱり。そんなことではないかと思って、ここに運んでもらってよかった」

「ここはどこだ。芦屋か」

「いいえ、別宅です」

「いったい、いくつ家を持っているのだ」

「十軒ほどですかね。でもここは、人に貸さないお気に入りです。人付き合いに疲れた時に来る家なのですよ」

「場所はどこなのだ」

「深川ですよ。と言っても、海辺ですから、周りに何もないですけど」

「隠れ家というわけか」

「はい。だから安心して養生してください」

「すまぬ」

「お腹空いたでしょ。今おかゆを作るから、大人しく寝ててくださいよ」

「かゆより、力になるものを食わせてくれぬか。早く治したい」

玉緒が笑顔を浮かべた。

「それじゃ、山鳥の肉を焼きましょう。いいのがありますから」

玉緒は、仕事の時とは違う様子で、真十郎の面倒をみてくれた。ほぼ毎日通い、肉と魚を使った料理を出してくれ、傷に効く薬を飲ませてくれたおかげで、六日も過ぎた頃には、背中と腕の傷は、ほぼ痛みが消えていた。

傷を縫っているので突っ張った痛みはあるが、短いあいだに起きて歩けるようになったのは、玉緒の看病のおかげだ。

春めいてきた陽気に誘われた真十郎は、深川の町まで歩きたくなり、床の枕元に畳まれた着物に手を伸ばした。

置かれていたのは、以前着ていた物ではなかった。玉緒が新調してくれていたのは、黒色の、上等な生地《きじ》だった。

袖を通して帯を締め、灰色の袴を着け、腰に光平を差した。

勝手に出て行ったと心配するといけないので、すぐ戻る、という置手紙を畳んだ夜着に添え、表に出た。

庭の先に広がる海原が、青く輝いている。風はまだ冷たいが、気持ちのいい天気だ。

小さな門から道に出ようとした時、食べ物を入れた竹籠を抱えて入った玉緒が、目を見張った。

「旦那、どうしたのです」

「身体がなまっているので、深川の町まで行こうと思う」

玉緒が竹籠を落として駆け寄り、腕をつかんだ。

「駄目です。大黒屋の手下が、大勢深川に来ています」

「何」

「旦那を探しているのかもしれません」

「そなたは大丈夫だったのか」

「店に来られるといやなので、逃げて来ました。しばらくここに隠れます」

「そうか」

「さ、中に入って」

「うむ」

言われるまま家に戻った真十郎は、大人しく横になり、一日何もせず、傷を癒すことにした。

糸さえ取れれば、痛みはなくなるはずだ。

刀を振るえるようになれば、町へ出て、伊左衛門と一味を潰す。

そう決めた真十郎は、うつ伏せになり、庭を眺めて過ごした。

やがて夕暮れになり、玉緒と二人で夕餉《ゆうげ》を摂《と》った。

「今日の牡蠣《かき》は、格別に旨《うま》いな」

「味噌に漬けて味を染み込ませたのを焼いているのですよ」

「ほおう、味噌に」

「お染さんに習っていたの。喜んでいただけてよかった」

そろそろどうですか、と言って、熱い酒をすすめてくれたのだが、真十郎は断った。

「まだ、痛みますか」

「いや、酒は当分やめることにした。不覚を取ったのも、酒のせいだ」

「ここには来ませんよ」

「相手は伊左衛門だ、油断はできぬ。玉緒殿、すまぬが後で、糸を取ってくれぬか」

「まだ早いですよ。十日は抜いては駄目だと、医者が言っていましたから」

「取ってくれぬか。おれは明日、ここを出ようと思うのだ」

「どうしてです」

「おれといたのでは、そなたに迷惑がかかる」

「どこか、隠れる場所があるのですか？　言っときますけど、あたしのおとっつぁんとおっかさんのところは、駄目ですよ」

「分かっている。伊左衛門の手が及ばぬところに隠れて、傷が癒えるのを待つ。どこか、いい場所がないか。金ならある」

「お金って、これのことですか」

玉緒は、懐から包みを出した。

驚いた真十郎は着物の袖袋に手を入れたが、新しい着物だと気付き、玉緒を見る。

「いつの間に」

「危うく着物と一緒に捨てるところでした」

「おれの着物を捨てたのか」

「だって、破れて血で汚れていたんだもの。縁起が悪いから捨てました」

「この着物は、よい物だ。礼を言うぞ」

着物の礼を言うのを忘れていた。

「あら、礼なんかいいんですよ。これから払っておきましたから」

「いくら使ったのだ」

玉緒が指を三本立てた。

三両は、今の真十郎には大金だ。

残りの金で、いつまで食えるか考えると、頭が痛い。

「返してくれ」

「はいはい」

渡された包みは、小判が一枚しか残っていない。

どういうことかと顔を上げると、玉緒が抜け目のない顔をする。

「医者代と、ここの家賃をいただきました」

「ははあ」

さすがは、芦屋の玉緒だ。ただで人の面倒をみるような玉ではない。

感心していると、玉緒が真剣な眼差しを向けた。

「家賃をもらっているのですから、ここにいてくださいな」

「いや、それは駄目だ。そなたを危ない目に遭わせたくない」

「やもめのあたしにそんなこと言ったら。惚《ほ》れてしまいますよ」

向けられた眼差しが妙に色っぽく思えて、真十郎は胸が高鳴った。一つ咳ばらいをして、何かの間違いだと気分を変えて訊く。

「ここは、逃げ場がないのでな。それに、伊左衛門のような輩《やから》を相手にするのは、一人でいるほうがよいのだ」

「分かりました。どうぞご勝手に」

玉緒は不機嫌になり、さっさと膳を片付けた。

いい隠れ場所を聞きそこねた真十郎は、夜中に出て行こうと決めて、早めに横になった。

昼間も横になっていたので、なかなか寝付けなかったのだが、玉緒が水を使う音が耳に心地よく、いつのまにか眠った。

油断していたせいか、部屋に忍び込む気配に目を覚まさなかった真十郎は、胸に重ねられた人肌の温《ぬく》もりで、目を開けた。

驚いて起きようとしたが、胸を押さえられた。

真っ暗で顔は見えないが、覚えのある香りがする。

「玉緒殿……」

どうして、と訊こうとした口を、柔らかな唇で塞がれた。

真十郎は、求められるままに裸体を抱き、肌を重ねた。

昨夜のあれは、夢か幻か。

朝餉の支度が整ったと言われて目を覚ました真十郎は、いつもと変わらぬ玉緒の態度に、首を傾げた。

しかし、柔肌は、この手が覚えている。

両手を見つめ、ぼうっとしていると、ふたたび玉緒が戻って来た。

「旦那、湯豆腐が熱いうちにどうぞ」

「うむ？　うむ」

「どうしたのです？　狐《きつね》に化かされたような顔をして」

「昨夜のことだが――」

「早くしてくださいね」

玉緒は、言葉を遮るようにきびすを返した。

その慌てた様子に、女の恥じらいを感じた真十郎は、訊くのは野暮だったと苦笑いをして、居間に出た。

妙に気恥ずかしい空気の中で、玉緒と二人きりで食事をする。

何か話さねばと気を使えば、よけいに言葉が見つからない。

玉緒が飯茶碗《めしぢゃわん》を置いたので顔を上げると、真剣な眼差しを向けられていた。

「旦那」

「うむ？」

「身を隠すにはもってこいの、いい仕事があります」

「仕事？」

「ええ。日本橋の御隠居と呼ばれるお方の、用心棒です」

「用心棒か」

真十郎は、湯飲み茶碗を持ち、ため息交じりに言う。

「今のおれに、務まろうか」

「行ってみれば、分かります。下話はしてありますので」

「いつの間にしたのだ」

玉緒は、いつだったかしら、と言って、とぼける顔をした。

すでに日が高いことを、真十郎は今になって気付いた。朝のうちに話をして来たのだろうか。

「とにかく、悪い話じゃないので行ってみなさいな」

玉緒のことを信じた真十郎は、仕事を受けることにした。

第四章　怒りの剣

一

昼すぎに隠れ家を出た月島真十郎は、玉緒が操る小舟で大川を渡り、日本橋の近くにある船着き場に着いた。

「ああ、疲れた」

櫓《ろ》を漕《こ》いでいた両手をぶらぶらさせた玉緒が、額の汗をぬぐうのを見て、そばでも食べて行かぬかと誘った。

「おや旦那、あたしと別れるのが寂しいのですか」

「まあ、そうだ」

命を狙い、狙われる身だ。ふたたび玉緒と会えるかどうかは分からない。

「舟代の代わりに、どうだ」

「うれしい。近くに美味しいと評判の店があるので、一度行ってみたいと思っていたんですよ」

甘えた顔をする玉緒に、真十郎は顎を引く。

「案内してくれ」

舟をくくりつけた玉緒が、行きましょうと言って袖を引く。

佐田《さだ》という名のそば屋は、日本橋川のほとりにあり、古い商家を改築した店で、なかなか豪勢な造りだった。

店の女が品書きを持って来たが、玉緒は迷わず天ぷらそばを頼んだ。食の番付表で、この店の天ぷらが大関を取ったらしい。

真十郎も同じ物を頼み、どちらからともなく、二人で川を眺めた。

「旦那、大黒屋とのことが決着したら、帰って来てくださいな」

父の仇討ちをするつもりの真十郎は、返答に困った。

黙っているので、玉緒が顔を向けた。少し、不服そうだ。

「いやなのですか?」

「いやではない。ただ、約束はできぬ。相手が、相手ゆえな」

「大黒屋なんかに負けるものですか。そうでしょ」

「うむ」

老中が相手だと言えずにいると、玉緒が笑みを浮かべる。

「また、二人で稼ぎましょうね」

戻ってほしいのは商売のことか、と、真十郎は苦笑いをする。

「用心棒か。悪くない」

「決まり。きっと帰ってくださいよ」

店の女が天ぷらそばを持って来た。

濃い色の出汁《だし》の中で、揚げたての天ぷらが音をたてている。

熱いのを二人で食べ、旨さに笑みを交わす。

店を出ると、玉緒を舟まで送っていき、そこで別れた。

日本橋の御隠居と呼ばれる男の家は、蚊帳《かや》で財を築いた近江屋《おうみや》の裏手にあり、行けばすぐ分かると教えられたので、真十郎はまず、近江屋に歩みを進めた。

大商人の近江屋は、大勢の人が出入りしてにぎわっている。

店の横手に行くと、品を山と積んだ荷車を引く者たちが、威勢のいい声をあげている。

真十郎は、道を塞ぐ奉公人たちに、顔の前で手刀を立てて道を空けてもらい、路地に入った。

近江屋の長い板塀を横目に歩み、教えられた道をたどって裏手の路地を進むと、ある一軒家から、腰を折った男が、尻から出て来た。

「それじゃ御隠居、また寄らせていただきやす」

かすれた声で言い、ぺこりと頭を下げて格子戸を閉め、路地に顔を向けた。

痩《や》せた男は、そこにいた真十郎を見ると顔から笑みが消え、見極めようとする眼差しを向けつつ、すれ違った。

男が出て来た格子戸の前に立った真十郎が路地を見ると、先ほどの男がこちらを見ていて、戻って来た。

「お侍、見ない顔だが、この家に何か」

「仁兵衛《じんべえ》殿に用があるのだが、ここでよいか」

「ああ、ここだ。用とはなんだね」

「話す義理はなかろう」

「そうはいかねぇよ」

男は懐から十手《じって》を出した。

「日本橋界隈を任された伝八《でんはち》というもんだ。御隠居は昔いろいろあって、人に恨まれていなさるんで、見知らぬ顔は油断できねぇんだ」

「そういうことか。おれは、用心棒の仕事を紹介してもらった者だ」

すると伝八が、明るい顔をした。

「ははあ、あんたが。そいつはうたぐって悪かった。今さっき、御隠居から聞いたばかりだ。お待ちかねだぜ。ささ、こっちだ」

手のひらを返して案内してくれた伝八は、勝手に廊下へ上がった。

「御隠居！　用心棒の旦那がお見えですぜ」

こっちだと手招きする伝八に従って奥へ行くと、初老の男が、縁側で盆栽をいじっていた。

淡い桃色の花を咲かせた梅の盆栽を持ち上げた初老の男が、真十郎に真顔を向ける。

「おお、来たか。わしが仁兵衛だ。こちらへ座れ」

穏やかな目をしているが、眉間に刻まれた深いしわが、昔の傷跡のように、笑っても消えることはない。

床の間に梅の盆栽を置いた仁兵衛が座るのを待って、真十郎は正座した。

伝八は縁側に腰かけ、首をねじ曲げて見ている。

「なるほど」

そう言った仁兵衛が、真十郎を見据えて続ける。

「なかなかいい面構えをしている。お前さん、あいつとはどういった間柄だ」

「聞いていないのか」

「聞いているが、どうも、いつもと様子が違っていたのでな。ひょっとして、惚《ほ》れているのじゃないかと思っていたが、こうして膝を突き合わせて、ようく分かった」

仁兵衛が身を乗り出す。

「あいつは美人じゃねぇが、長く付き合ううちに、いい女に思えてくるから不思議だ。心根のよさが、そうさせるのだろうな。わしもこの年だ。いろんな女を見てきたが、いくら美人でも、性根の悪い女は、日が経《た》つにつれて醜女《しこめ》に見えてくる」

確かに、と、伝八が口を挟んだ。

「いますね、顔はいいが性根が腐った女。しかし御隠居が褒められるほどだから、その人は、よっぽど色気があるんでしょうな。ひと目拝んでみたいもんだ」

「何度も見ているぞ。深川の、芦屋の玉緒だ」

伝八は口を開けたまま、何も言わなくなった。

仁兵衛が鼻先で笑う。

「言うたではないか。長く付き合わねば、よさが分からぬ女だ。わしは玉緒の亭主とは友であったが、ふふ、生まれて初めて、嫉妬というものをした。やもめになってから幾度か誘いをかけてみたが、身持ちが堅い。そんな玉緒が、お前さんのことを必死に頼んだ。受けたのは、お前さんが、玉緒が惚れるほどの男だからだ」

「用心棒を探していたのではないのか」

「このような隠居じじいを殺して得をする者など、もういやしないさ」

「こちらの親分から、人に恨まれていると聞いたが」

すると仁兵衛が、伝八に厳しい眼差しを向けた。

伝八が慌てて言う。

「この前も、道で石を投げられたじゃござんせんか」

「ふん、大黒屋の手下どもが、この老いぼれをなぶっただけだ」

「それが悔しいじゃござんせんか。御隠居は、かつては名の知れた金貸しで、日本橋の仁兵衛と言やあ、泣く子も黙るお人だったと言うのに」

「それを言うな」

「真十郎の旦那、この御隠居は、大黒屋が幅を利かせるようになるまでは、それはもう、すげぇお人だったんですぜ。今でもお慕いする者は大勢いて、ここには毎日のように人が来て、食い物と酒を置いていくんですから」

「そのことは、玉緒から聞いている。だが親分が言うように、恨んでいる者もいるのではないか」

目を細め、含んだ笑みを浮かべた仁兵衛が、部屋は狭いが、好きなだけいてくれと言うので、真十郎は、用心棒の手当のことを言いそびれた。

驚きの人物が現れたのは、三人で飯を食べようということになり、中年の下女が調えてくれた、すっぽん鍋を囲んでいる時だった。

「御隠居、いい酒が手に入ったんで、お顔を拝みに来やしたぜ」

そう言いながら部屋に入って来たのは、浅草の寅松だった。

真十郎の顔を見るなり驚き、そして、怒りの顔をする。

「て、てめえ！　ここで何してやがる！」

威勢はいいが、腰は引けている。

「見て分からぬか、飯を食べている」

冷静な真十郎の態度に、伝八が鼻で笑い、寅松に言う。

「あくどいことをして、旦那とやりあったのかい」

「うるせえ」

おもしろくない顔をした寅松であるが、帰ろうとはしない。

そんな寅松に、仁兵衛が言う。

「お前も座って食え。何があったか知らんが、旦那はわしの用心棒だ。手を出すんじゃねぇぞ」

「出すもんですか」

ふてぶてしく座った寅松は、真十郎を睨んだ。

「あんたにさんざんな目に遭わされてから、おれはいいことがまったくねえ。子分は逃げるわ、賭場は取られちまうわで、食うのがやっとだ」

「食えるならよいではないか」

ひょうひょうとした真十郎の態度に、仁兵衛が大笑いをした。

「旦那の言うとおりだ。寅松、お前にやくざは向いてない。今の縄張《しま》も手放して、伝八のように、十手を預かったらどうだ」

「縄張なんざ、もうないも同然ですよ」

寅松は自分が持って来た徳利の栓を開けて、茶碗に酒を注いでがぶ飲みした。

そんな寅松の様子に、仁兵衛の眼差しが厳しくなる。

「おめえ、酒を持って来たのは口実だな。何かあったのか」

「親の仇が分かったんでお知らせに来たんですが、見たくねぇ顔があるんで帰ります」

寅松は茶碗を置いて真十郎を睨み、立ち上がった。

その寅松を見上げた仁兵衛が言う。

「おい。この旦那に手を出すんじゃねぇぞ。旦那はな、わしを隠居に追い込みやがった大黒屋伊左衛門を潰してくださるお方だ」

「大黒屋を！」

寅松が驚いた。

「お前、おれの次は大黒屋とやり合っているのか」

「うむ」

寅松が嬉しそうな顔を突き出す。

「それで、今どうなっている」

「見てのとおり、仁兵衛殿の用心棒とはいえ、隠れているのと同じだ」

「隠れているだと？」

問い詰める寅松に、仁兵衛が言う。

「旦那はな、闇討ちをした勝次を斬り殺したんだが、怪我をしていなさるのだ」

仁兵衛は、玉緒からすべて聞かされているようだ。

ほんとか、と訊く寅松に、真十郎はうなずいた。

寅松の態度が一変した。

「それを先に言わねぇかい。旦那、やってくれ」

酒をすすめられたが、真十郎は断った。

「傷の具合がまだ悪いのかい」

気づかう寅松に、真十郎は首を横に振る。

「酒のせいで不覚を取ったので、今は飲まぬ」

伝八が口を挟む。

「旦那、人を殺したというのは聞き捨てなりませんな。と言いたいところですが、相手が大黒屋なら、話は別だ。あっしはね、役人を味方につけて悪事をはたらく大黒屋が許せねぇんで。野郎の魔の手から町の連中を守るために、なんとしてもこの手でしょっ引いてやろうと思っているんですがね、十手だけじゃどうにもならねえ。旦那、勝次を殺した腕を見込んで、頼みます。あっしと一緒に、大黒屋を捕まえませんか」

「大黒屋は、本田老中と繋《つな》がっている。捕らえても無駄だ」

「ご存じでしたか」

「うむ」

「では、どうするので。勝次を殺されて、黙っている相手ではないですぜ」

「斬る」

冷静な真十郎に顔を向けた仁兵衛が、それがいい、という顔でうなずく。

神妙な顔をする伝八。

膝を進めた寅松が、真十郎の前で両手をついた。

「旦那、おれと手を組まねえか。いや、組んでくれ。おれに、親の仇を取らせてくれ」

真十郎は驚いた。

「お前の親を借財地獄に落としたのは……」

「そうだ。伊左衛門だった。縄張を荒らされた時、おれは生き残るために、子分を連れて奴に従った。そこで分かったんだ。借財を作らすやりくちが、親父の時と同じだ。調べてみたら、伊左衛門の野郎、若い時は浅草を縄張にして、荒稼ぎをしてやがったんだ。親父をいかさま博打にはめたのは、野郎だ。だから旦那、おれも一緒にやらせてくれ。頼む」

「仇と分かった今も、伊左衛門の配下になっているのか」

「そんなわけはねえ。奴の首を取ると言ったら、薄情な子分どもは恐れて逃げやがった。だが心配ない。命知らずの者が五人ほど残っている。旦那の傷が癒《い》えたら、おれと一緒に伊左衛門の家に斬り込もう。な、頼む」

真十郎が返事をする前に、伝八が口を開いた。

「そいつは駄目だ。伊左衛門は用心棒を大勢抱えている。五人や六人で行ったんじゃ、殺されちまうぜ」

「このまま奴を生かしておくってのか」

「まあ落ち着け。おれも御上の手助けをする身だ。この十手にかけて、伊左衛門をこのままにしちゃおかねえ。信用できる八丁堀の旦那に相談してみるからよ、それまで、大人しくしていてくれや」

「旦那の話を聞いていなかったのか。伊左衛門には老中が付いているんだ。役人なんざ、信用できるか」

「町奉行所は、まだ捨てたもんじゃねぇぞ。八丁堀の旦那の中には、骨のあるお方もおられるんだ」

仁兵衛がうなずく。

「伝八の言うとおりだ。寅松、旦那の傷もまだ癒えちゃいねぇんだから、伊左衛門を殺《や》れるだけの人が集まるまで待て」

寅松は不服そうだったが、仁兵衛には逆らわなかった。

「旦那、早く治してくださいよ」

真十郎にそう言うと、寅松はまた、酒をがぶ飲みした。

伝八が立ち上がる。

「御隠居、それじゃあっしは、夜回りに行きやすんで」

「おう。気をつけろよ」

「へい。また寄らせてもらいやす」

真十郎にも頭を下げた伝八は、忙しそうに帰った。

仁兵衛が真十郎に訊く。

「お前さん、本気で伊左衛門を斬る気かい」

真十郎はうなずく。

「あの者を生かしておいては、不幸になる者が増えるばかりゆえな」

仁兵衛が、厳しい眼差しをする。

「伊左衛門をやれば、老中が黙っておらぬぞ」

本田も斬る。

そう言いたい気持ちをぐっと抑えた真十郎は、仁兵衛の目を見た。

「それでも、伊左衛門を斬る」

「気骨者《きこつもの》じゃな」

仁兵衛は、わが意を得たり、という顔でうなずく。

「わしは、先に休む。用心棒の仕事はせずともよいので、ゆっくりしてくれ」

「かたじけない」

寝間に行く仁兵衛に、真十郎は頭を下げた。

夜もふけ、深酒をして眠ってしまった寅松を下女に任せた真十郎は、裏手に与えられた六畳の部屋に入った。

下女が敷いてくれていた布団で横になり、家の物音を聞きながら思うのは、仇討ちのことではなく、玉緒のことだった。

遠ざかっていく舟の上で見せた、寂しげな顔を思い出し、また会いたいと思うのは、玉緒の魅力のせいだろう。

仁兵衛が言っていたことには、共感できる。

真十郎の脳裏に、公儀に病死と届けられていることが浮かんだ。

このまま江戸で暮らすことは、弟の次郎が沖政と名を改めて家督を継いでいる御家にとって、足手まといになる。

父の無念を晴らせば、江戸を去らなければいけない身だ。

共に稼ごうと言ってくれた玉緒のことを想いながら、真十郎は眠った。

二

岡っ引きの伝八は、神田の妾宅《しょうたく》で目を覚ましていた。

裸で抱き着いている女の腕をどかせて起き上がると、綿入り半纏《ばんてん》を羽織って台所に行き、冷たい水を飲んだ。

外はもう、闇が白んでいる。

寝間に戻って身支度をしていると、女が目を覚ました。

「また来るぜ」

寝ぼけ眼の頬を軽く触って、伝八は外へ出た。

道を歩きながら、時折後ろを振り返り、あたりをうかがう。用心しているのは、これからある場所を訪ねるのを、顔見知りに見られないためだ。

まだ人気が少ない早朝の日本橋に戻り、大通りを足早に行く。向かったのは、京橋の大黒屋だ。

裏に回り、木戸をたたくと、すぐに開けられた。

ぬかりなく路地の人気《ひとけ》を探った伝八は、腰をかがめて入った。

中にいた男が、鋭い眼差しを向ける。

「お待ちだ、急げ」

「へい」

昨夜のうちに話をつけていたので、すんなり通された。

蔵が並ぶ敷地を横切って母屋に行き、植木のあいだを抜けて裏庭に入った。

濡《ぬ》れ縁の下に片膝をついて控えると、案内した男が廊下に上がり、障子の前で声をかける。

「伝八が来ました」

「うむ」

声に応じて障子を開けると、大黒屋伊左衛門が、朝餉の茶がゆを食べていた。

光沢のある黒漆の椀を口に当て、かゆをかき込んだ伊左衛門が、箸を止めて言う。

「どうした、親分。仁兵衛の奴が死んだか」

「いえ、仁兵衛のところに、勝次を殺った野郎が転がり込んできましたので、ご報告に上がりやした」

「何、月島真十郎が」

「はい」

「奴は、仁兵衛と知り合いなのか」

「いえ、芦屋の玉緒という者から頼まれた仁兵衛が、用心棒として雇ったようです」

「芦屋とは、何者だ」

「深川の口入屋《くちいれや》ですが、仁兵衛とは親しいようで。こいつの口利きで、仁兵衛のところへ身を潜めて傷を癒すつもりだったようですが、思わぬことに」

伝八は、寅松が仇討ちをしようとしていることを教えた。

寅松が、自分が若い頃に騙《だま》した男の息子だと知り、伊左衛門は鼻先で笑う。

「寅松め、従っておきながら離れたのは、そういうことだったか」

「真十郎と手を組み、旦那の命を狙うつもりです」

「真十郎は応じたのか」

「はい。本田様と繫がっている旦那を捕らえても無駄だと言い、江戸の民のために斬ると、とんでもねぇことをぬかしていやした。寅松が、子分を引き連れてここに斬り込むと言いやしたんで、あっしが引きとめた次第でして」

恩着せがましく言う伝八を鼻先で笑った伊左衛門が、控えている手下に顎を引く。

応じた手下が、螺鈿《らでん》が施された雅《みやび》な手箱を用意すると、伊左衛門は蓋を開けて小判を取り出し、廊下に出た。

紙で包んだ二十五両を、伝八の前に置く。

「取っておけ」

「こりゃどうも、いつもありがとうございやす」

庭を見ながら考えていた伊左衛門が、小判に手を伸ばし、押しいただく伝八に顔を向ける。

「寅松が親の仇と狙うなら、討たれてやろうじゃないか」

驚いた顔を向ける伝八に、ほくそ笑む。

「真十郎もろとも、返り討ちにしてくれる。今から言うとおりに、奴らを誘い出せ」

伊左衛門から知恵を授けられた伝八が、悪い顔をした。

「そいつはいいや。いつです」

「そうさな、わしは銭座のことで忙しくなるので、早いほうがいい。今日の夕刻はどうだ」

「狙い通りに動きましょうか」

「用心すれば、その都度報《しら》せろ。こちらは支度を整えておく」

「承知しやした。必ず連れて行きます」

伝八は頭を下げ、伊左衛門の前から立ち去った。京橋の大通りへ出て、日本橋の方角へ足を向ける。朝は早いが、酒が飲みたい気分になった。

「思わぬ大金が手に入ったぜ。御隠居には悪いが、伊左衛門に寝返ってよかったってもんだ」

小判で重くなった羽織の袖袋を抱くようにして家路を急ぐ伝八は、笑いが止まらない。

煮売屋で稼いでくれる女房がいる家の前を素通りして、神田の妾宅に帰った。

「おしの！」

名を呼びながら家に入り、寝間に行くと、若い妾はぐっすり眠っていた。

「おい、起きろ」

おしのが眠そうな顔を向けた。

「親分、お帰り」

「見ろ、小判だ」

もらったばかりの小判を見せると、おしのが飛び起きた。

「こんな大金、どうしたの」

「これのおかげよ」

十手を出した伝八が、おしのに抱きつき、乳房に顔をうずめて押し倒した。

三

光平を持って庭に出た真十郎は、長い息を吐いて気持ちを落ち着かせ、指で鍔を押して鯉口を切る。

右足を踏み出すと同時に抜刀し、真横に一閃した。

柄を両手でにぎってきびすを返し、右肩から刀を打ち下ろす。

背中の皮に引きつった感じがあるが、痛みは、なんとか耐えられる。

「ほう、見事なものじゃな」

声に顔を向けると、仁兵衛が廊下に立っていた。

「旦那と一年早く知り合っていれば、わしの隠居は、まだ先だったかもしれんな」

過ぎたことを論じても仕方ないので、真十郎は何も言わず、光平を鞘に納めた。

仁兵衛が言う。

「伝八が会いたいそうじゃ。わしには言わぬが、伊左衛門のことで話があるらしい」

岡っ引きの顔を思い出し、応じて廊下に上がった。

仁兵衛に従って居間に行くと、寅松が立ち上がり、待ちかねた様子で伝八に言う。

「旦那が来なすった。早く教えろ」

もったいぶる伝八が、真十郎が座るのを待ち、得意げな顔をした。

「旦那、あれから伊左衛門の野郎を探りましたところ、いい話を耳にしましたぜ。奴を襲うのによい折かもしれません」

「聞こう」

真十郎にうなずいた伝八が、声を潜めた。

「伊左衛門には、若い妾がいるんですがね。銭座のことで当分忙しくなるので、その前に、妾のところでゆっくりしているそうです」

「今もか」

「はい」

すると、仁兵衛が疑いの眼差しを向けた。

「伝八、その話を誰から聞いた」

「大黒屋がある京橋界隈を受け持っておられる、八丁堀の旦那ですよ。袖の下をたっぷりもらっている、どうしようもなく悪い旦那ですがね、自身番に立ち寄られて、伊左衛門が羨ましいって、軽口をたたかれてました。どうやらその妾というのが、吉原の太夫《たゆう》でも足下にも及ばぬほどの美人だそうで」

「まああ」

するると寅松が、片膝を立てて座り、伝八に顔を突き出す。

「大仕事の前に、美人の妾としっぽりやろうってか」

「そうらしい」

「いい気なもんだが、こいつはいいや。妾と過ごす夜は、用心棒を近くにおかねえだろうから、そこを襲えば仇が取れる」

伝八が悪い顔でうなずくと、寅松が真十郎に顔を向けた。

「旦那、斬り込みましょうぜ」

確かに、この機を逃す手はない。

「いいだろう。親分、場所はどこだ」

「伊左衛門の別宅は、根岸《ねぎし》にありやす。八丁堀の旦那の話では、女は普段からそこに住んでいるそうです」

「場所は分かるか」

「そうおっしゃるだろうと思って、八丁堀の旦那にそれとなく聞きやしたので、案内しますよ」

「では頼む」

「昼間は人目がありますんで、日が暮れてからがいいと思うのですがね」

「朝方を狙う」

「朝方！」

「いかがした」

「いや、夜ではなくて朝方がいいんで？」

「夜が明ける寸前の寝込みを襲ったほうが、気付かれにくい」

「なるほど。用心深いですな」

「案内してくれるか」

「ようござんす。それじゃ、あとでお迎えにめぇりやす」

伝八は根岸の家の下見をして来ると言い、出て行った。

寅松が言う。

「旦那、おれは人を集めて来ますんで、必ず力をお貸しくださいよ」

「分かった」

「何か欲しい物はありますか。鎧《よろい》でも槍《やり》でも弓でも、なんだって揃えてみせますぜ」

「斬り合いは家の中になるだろうからいらぬ。用心棒がおらぬはずはないので、死闘となろう。お前たちこそ、十分な支度をして参れ」

「言われるまでもねえ」

やる気に満ちた顔に笑みを浮かべた寅松が、仁兵衛に頭を下げ、部屋から出た。

仁兵衛がため息を吐《つ》くので、真十郎が顔を向けた。

「いかがした」

「どうも、話が急で気に入らねぇな。旦那、用心したほうがいいぞ」

「妾宅にいる今が、狙い時だ。善は急げと言うだろう」

「それはそうだが……」

「近くに医者はいるか」

仁兵衛が心配そうな顔をした。

「傷が痛むのか」

「いや、糸を取ってもらいたい」

「無理はよしたほうがいい。何かの拍子に、傷がぱっくり、ってことになるぞ。刀を振る邪魔にならぬなら、糸をつけたまま行け。そのほうが、少々の無理がきく」

「妙に詳しいではないか」

「ふん」

仁兵衛は着物の袖から右腕を抜き、片肌を脱いで背を向けた。右肩から背中にかけて、刀傷がある。

「若い頃に無茶をして、傷口が着かぬあいだに暴れた時に、ぱっくり割れてしまってな、危うく、殺されるところだった」

「そうか。ならば、このままで行こう」

仁兵衛の痛々しい傷跡を見たせいで背中が痛くなった真十郎は、夜まで休ませてもらうと言い、部屋に入った。気休めにすぎないだろうが、少しでも傷を癒そうと思ったのだ。

日が西に沈みはじめた頃に少し眠り、夜になって身支度をした。

袴をはき、着物にたすきを掛けて羽織を着け、光平を前に置いて正座し、その時を待った。

居間のほうから、寅松の声がする。子分を連れて来たのだろう。威勢のいい声が混じり、熱気を感じる。

伝八が来たのは、とっぷり日が暮れて、夜がふけた頃だった。

報せてくれた仁兵衛と居間へ出ると、大刀を持った寅松と、見覚えのある顔が並んでいた。

真十郎とやりあった男たちは、真剣を恐れず向かって来た者たちだ。今となっては、心強い味方と言えよう。

真十郎が顎を引くと、男たちは、気を許した顔つきで応じた。

伝八が戸口で待っている。

真十郎は、仁兵衛に顔を向けた。

「生きて帰れたら、酒を飲ませてくれ」

「うむ。支度をして待っているぞ」

うなずいた真十郎は、光平を帯に差し、伝八が待つ戸口へ向かった。

四

根岸に着いた頃に、冷たい雨が降りはじめた。

本降りになるかと思えたが、雨は程なく弱まり、霧雨となって視界を狭めた。

遠くにあった家の明かりが見えなくなり、闇が深まる。そろそろ明け方のはずだが、東の空はまだ暗い。

伝八が持っている提灯の明かりは足下を照らすのみで、横を歩いている寅松の顔さえ見えない。

「闇討ちには、好都合か」

真十郎の言葉に、寅松が応じる。

「味方同士で斬り合わねぇようにしなきゃな。お前たち、気をつけろよ」

へい、という返事がして、その後は、誰もしゃべらなくなった。相手が名の知れた伊左衛門だけに、緊張しているのだろう。

緊迫した空気に包まれながら、真十郎は歩みを進める。

生垣の角を右に曲がったところで、伝八が止まった。

「この突き当たりの家が、大黒屋の別宅だ。みんな、覚悟はできているな」

おう、という寅松の声に応じて、伝八が歩きだす。

家の絵図面もない、行き当たりばったりの襲撃だが、伝八が言うには、家はさほど大きくないので、逃すことはないだろう。

寅松との打ち合わせで、裏から家の中に入り、一気に伊左衛門を捜すことになっている。用心棒が気付けば死闘になるだろうが、寝込みに闇討ちを仕掛けるこちらが有利だ。

「動く者は斬れ」

寅松が子分たちに命じて、勇み足で先に立った。家が近くなると走りだす。

「焦るな」

真十郎が止めたが聞かず、子分たちも走るので、舌打ちをして続く。

寅松は裏に回り、木戸を探した。

伝八が提灯を持って行き、見つけた木戸を手で押した。

木戸は音もなく開いたので、伝八が声を殺して笑った。

寅松が真十郎に振り向き、ほくそ笑む。

「油断してやがる」

そう言うと抜刀し、柄につばを吐きかけてにぎり、子分たちに言う。

「野郎ども、行くぞ」

応じた子分の一人が、伝八から提灯を奪い、中へ入った。

続いて真十郎が入ると、先に入っていた寅松が裏庭を走り、濡れ縁に足をかけるところだった。

閉められた雨戸に耳を寄せて中の様子を探り、子分にうなずく。

応じた子分が、持って来ていた釘抜《くぎぬき》を雨戸のあいだに刺し込み、こじ開けようとした。

中から雨戸が蹴り破られたのは、その時だ。

がん灯の明かりに照らされた寅松たちが、中から出た者たちに押し戻される。刀が閃《ひらめ》いた刹那、釘抜を持っていた寅松の子分が悲鳴をあげて振り向き、斬り割られた額から血を流して倒れた。

光平の鯉口を切って前に出た真十郎が、寅松の子分を斬った浪人者に迫る。刀を振り上げた浪人者の腹を抜刀術で斬り、横から斬りかかった別の浪人者の一撃をかい潜《くぐ》り、振り向きざま、袈裟懸けに斬る。

呻き声をあげて倒れた浪人者を一瞥しながら、真十郎は寅松たちをかばい、家から離れた。

その家の中から、刀を持った新手が出て来た。用心棒たちの奥に、余裕の笑みを浮かべた男が現れる。

寅松が、真十郎をどかせて前に出た。

「伊左衛門、てめえ」

「おお、寅松、わしの命を狙っているそうじゃないか。聞くところによると、わしは親の仇だそうだな」

「知ってやがったのか」

「いいや、昨日聞いたばかりだ」

「何！」

「親分、ご苦労だったな」

伊左衛門の言葉に応じて、離れた場所にいた伝八が、敵側に回った。

驚く寅松に、伝八が不敵な笑みを浮かべる。そして、真十郎に言う。

「仁兵衛を頼ったのが失敗だったな。おれはこちらの旦那に金をもらって、仁兵衛を見張っていたんだぜ」

真十郎は、鋭い眼差しを向ける。

「ならば、伊左衛門もろとも斬る」

伝八が馬鹿にして笑う。

「周りが見えているのかい。どうやったって、勝てやしねぇだろう」

問答無用で、真十郎は前に出る。

虚を突かれた用心棒が刀を振り上げたが、打ち下ろす前に腹を斬り抜け、逃げようとした伝八の背中を突いた。

悲鳴をあげる伝八から光平を引き抜き、背後から斬りかかった用心棒の腹を一閃する。

斬られた用心棒が、口から血を吐いて倒れた。

背中の傷が痛くなった真十郎は、顔をゆがめて下がる。

「逃がすな！」

伊左衛門の命令で前に出た用心棒たちが、真十郎に迫る。

「やっちまえ！」

叫んだのは寅松だ。

仲間を殺された寅松の子分たちが、怒号をあげて斬りかかる。

用心棒たちとぶつかり、乱戦となった。

形はなっていないが、長脇差《ながどす》を扱い慣れた子分たちは、力を合わせて、一人、また一人と倒していく。

怪我をした者もいるが、それでも寅松たちの勢いが勝った。

巻き返しをはかろうとした用心棒が、寅松の背後から斬りかかろうとしている。

「寅松！　後ろだ！」

叫んだ真十郎は、寅松に刀を振り上げた用心棒に迫り、光平で斬った。

呻き声をあげて振り向いた用心棒は、目を見開き、真十郎に斬りかかろうとしたのだが、刀を落として倒れた。

残るは、伊左衛門のみ。

真十郎が座敷に駆け上がる。

怯えた伊左衛門が、部屋の隅に下がった。

「貴様の本名は、大垣沖信だ。そうだろう」

答えぬ真十郎は、光平の切っ先を向ける。

「待て、早まるな。わしを斬れば、老中が黙っておらんぞ。見逃してくれれば、貴様が大垣家に戻れるように頼んでやる。老中は、わしの言うことならなんでも聞くからな。召し上げられた領地も、返してもらうようにしてやる」

「二つ訊く」

「な、なんだ」

「先の老中、大垣沖綱を暗殺したのは、本田豊後守か」

「そうだ」

「幕政を、我がものにするためか」

「それもあるが、気に食わなかったのじゃねぇか。大垣は、賄賂を法度《はっと》にしたからな」

「幕政を手に入れた本田が、何ゆえ貴様の言いなりになる」

伊左衛門が、言うのをためらった。

「答えろ」

「金だ。わしは本田に、多額の賄賂を渡している」

「罪なき者を騙して得た金を渡し、銭座を手に入れ、権力をも手に入れる。反吐《へど》が出るほど、醜い野郎だ」

伊左衛門の顔つきが怒気を含んだ。

「若造が、わしをなめるな。殺したければ殺せ。その代わり、お前も、お前の家も――」

真十郎が一閃した光平が、伊左衛門の口を斬った。

激痛に悲鳴をあげて両膝をついた伊左衛門を見くだし、真十郎が叫ぶ。

「寅松！」

「おう！」

寅松が前に出た。

「伊左衛門、親父の仇！」

大刀を捨てて匕首を抜いた寅松が、伊左衛門にぶつかった。

胸を刺された伊左衛門が呻き、寅松の首を両手で絞めようとしたが、力が抜けて倒れた。

江戸の闇を仕切り、罪なき者を苦しめていた大物を殺した寅松は、腰が抜けた。

「見たか、親父、おっかさん」

寅松はそう言うと、両手を畳につき、声を殺して肩を震わせた。

傷を負った子分たちが寅松に寄り添い、共に泣いている。

光平を懐紙でぬぐい、鞘に納めた真十郎は、きびすを返して、その場を立ち去った。

白みはじめた道を歩む真十郎は、怒りで震えていた。

「待っておれ、本田豊後守、杉村将永。欲のために父を殺した者どもを、生かしておくものか」

真十郎は、仇を討つ策を考えながら歩んだが、相手は老中だ。悔しいが、伊左衛門のようにはいかぬ。

妙案がみつかるまで身を隠すために、仁兵衛の家に帰った。

勝次に刺された腹の傷が日に日に楽になっていたお駒は、起きられるようになっているのだが、浮かぬ顔をしている。

五

本田豊後守を襲い、仇討ちをしようとしている総之介のことを、心配しているのだ。

月島真十郎がいかに剣の遣い手でも、たった二人で老中の行列を襲うのは無謀としかいえない。

今日の夕暮れ時に、甘い菓子を持って来てくれた総之介から、登城する本田を襲い、仇討ちが終われば、共に江戸を去ろうと言われた。嬉しかった。互いに想い合う気持ちがはっきり分かったお駒は、総之介に命を落としてほしくないと思い、仇討ちをやめてくれと頼んだ。

だが総之介は、応じてくれなかった。

暗殺された沖綱の仇を討たずに逃げれば、本田に対する恨みと、あるじに対する申しわけなさを生涯引きずることになり、お駒のことを幸せにできないと言われた。

お駒は、二人でいられれば幸せだと言ったのだが、総之介は優しい笑みを浮かべるのみで、やめるとは言ってくれなかった。

行けば殺されるに決まっている。

お駒は悩んだ末に、真十郎に頼むしかないと思い、志衛館に来てほしいと願う手紙をしたためた。明日、芦屋の玉緒に届けてもらうよう門弟に頼んだのは、つい先ほどのことだ。

手紙を読んだ真十郎が来てくれることを願いつつ、お駒は床に入り、眠りについた。

やがて、身体を触られていることに気付いて目を覚まし、起き上がろうとしたのだが、口を塞がれ、強い力で押さえつけられた。

この前と同じように、曲者の手が、胸の上で不快に動く。

逃れようにも、足を絡められて動かせない。

動かせる手で抗《あらが》ったが、男の力には敵わない。

そのうち、男の顔が耳元に近づく。

「本田様が、裏切り者は許さないとおおせだ。惜しい女だが、命令には逆らえぬ。

心配するな、総之介と真十郎も、すぐ地獄へ送ってやる」

そうささやくと、胸を触っていた手を放した。畳に手を伸ばして細い竹筒を取ると、お駒の鼻に入れた。

「この中には秘伝の毒薬が入っている。さ、息を吸え」

口を塞がれているお駒は、毒を吸い込まぬために息を止めて逃れようとしたが、男は押さえつけ、じっと見ている。

息苦しさに耐えかねて、お駒は息を吸い込んだ。粉が鼻から入り、胸が焼けるように熱くなった。

苦しむお駒の口を塞いだままの男は、静かに見ている。息が止まるのを、見届けようとしているのだ。

呻いているお駒に覆いかぶさる男の背後で、襖が開けられた。

「誰だ！」

叫んだのは、総之介だ。

「おのれ曲者！」

抜刀する気配に応じて横に転がった男は、腰から小太刀を抜いた。

「中田総之介、早くお駒の手当をせぬと、死ぬぞ」

苦しむお駒に、総之介が目を見張る。

その一瞬の隙を突き、曲者が斬りかかった。

刀を弾き上げた総之介が、曲者の腕を斬った。

敵わぬと知った曲者が、目の前の襖を突き破り、隣の部屋に逃げた。障子を突き破って裏庭に飛び降り、走り去ろうとしたが、騒ぎを聞いて部屋から出た館長の徳定兼五《とくさだけんご》が追い、背中を斬った。

激痛にのけぞった曲者が、呻き声をあげて振り向く。

そこに徳定の一撃を頭に食らい、声もなく、仰向けに倒れた。

廊下にいた総之介は部屋に戻り、お駒を抱き起こす。

「お駒、しっかりしろ。お駒！」

大声に、徳定が部屋に駆け上がった。

「どうした！」

総之介の腕に抱かれたお駒は、ぐったりしていた。

「毒にやられたようです」

悲痛の声をあげた総之介は、お駒の名を叫んだ。

お駒は、かすかに目を開けた。

「そ、そうのすけ、さま」

悲壮な顔をする総之介の頬に手を伸ばし、笑みを浮かべる。

総之介は手をにぎった。力を込めて訊く。

「やったのは、本田の手の者か」

お駒はうなずき、何か言おうとして、息が絶えた。

「お駒……。お駒死ぬな！」

抱きしめて叫ぶ総之介の背後に、秋乃が現れた。

徳定が気を利かせて、お駒を見せないよう別室に連れて行く。

何があったのか必死に訊く秋乃の声は、もはや総之介の耳には届いていない。

総之介は悲しみに満ちた顔で、ゆっくりお駒を横にし、自分の部屋に戻ると、枕元にたたんでいた着物を抱えて外へ出た。

徳定と、泊まり込みの門弟たちが止めようとしたが、総之介は闇の中を走り去った。

寺の物置で夜が明けるのを待った総之介は、身支度を整え、早朝の町に出た。

向かう先は、江戸城の大手門だ。

商売の支度をはじめていた笠屋《かさや》の者の目を盗んで編み笠を奪い去り、顔を隠して道を急ぐ。

神田橋御門から廓内に入り、酒井雅楽頭《さかいうたのかみ》の屋敷と一橋《ひとつばし》家のあいだを抜けて大手堀沿いの小路に出た。

広小路には、まだ人気が少ない。

総之介は大手門の前を横切り、その先にある御畳蔵《おたたみぐら》に行き、軒先に潜んだ。

蔵の前に並ぶ腰掛には、用をすませて戻って来るあるじを待つ、中間たちがいた。

城に入ることを許されない供侍たちの姿に自分を重ね、在りし日の沖綱を思い出す。

厳しいが、優しくもあった沖綱と、愛するお駒を殺された総之介には、復讐心しか残っていない。

軒下にたたずむ総之介に気付いた中間たちが、怪しむ眼差しを向けはじめた。

無紋の羽織を着け、笠で顔を隠しているのだから無理もない。

門前を守る役人を呼ばれたら、厄介なことになる。

しかし今日を逃すことはできない。朔日《ついたち》は、大名と旗本が御城揃えのために総登城する日だからだ。

ほどなく、登城する大名たちが次々と現れ、中間たちの関心はそちらに向いた。幕政を思うままにしている本田を襲うのは、大勢の人目があるこの場所でなくてはならないのだ。

総之介は、人前で本田の首を斬り、恨みを晴らす気でいる。

大手門前にいた者たちが、遠藤但馬守《えんどうたじまのかみ》の屋敷と御畳蔵のあいだの小路から現れた行列に眼差しを向け、道を空けはじめた。

登城する本田の行列を見つけた総之介は、怒りに歯を食いしばり、走り出た。

混雑する中を抜け、鯉口を切る。

「本田豊後守。大垣沖綱殿の仇！　殺された者たちの恨みを思い知れ！」

抜刀して叫び、大名駕籠に突き進む。

供侍たちが刀の柄袋を取ろうとしたが、虚を突かれてもたついた。

やっと袋を飛ばした供侍が、柄に手をかけた。

総之介はその者を斬り、乱れた列に襲いかかった。

怒りに満ちた総之介の顔は、鬼の形相だ。

一人、二人、三人と斬り倒した時、本田が駕籠から顔を出し、そばにいる者に何かを告げた。

応じて振り向いた男に、総之介が叫ぶ。

「杉村将永！　殿の仇！」

刀をにぎる両腕を右の脇に引きつけた八双《はっそう》の構えで、猛然と迫った。

余裕の顔で立っている杉村将永が、抜刀した。

総之介は間合いを詰めた刹那、八双の構えから振り上げた刀を打ち下ろす。

「やあ！」

肩を斬るはずの一撃を、杉村は退《ひ》いてかわすや、前に出る。

無言の気迫と共に振るわれた刀が、総之介の右手首を斬った。

「うう」

激痛に呻く総之介の手首から血がしたたる。

右手を胸に引き寄せ、左手一本で刀をにぎる総之介に、杉村が迫る。

大上段から打ち下ろされた刀を受けたのだが、左手のみで止められず、右肩に刀が当たった。

杉村は容赦なく引き斬る。

総之介は、たまらず倒れた。

激痛に顔をゆがめ、起き上がろうとしたが、流れる血で意識がもうろうとする。

ふらつく総之介を冷たい眼差しで見ていた杉村は、背を向け、本田の駕籠を担いでいる者たちに命じる。

「殿を城へ。急げ」

「はは」

応じた本田の家臣が陸尺《ろくしゃく》たちを急き《せ》立て、大手門へ向かう。

戸を開けて見ていた本田が、杉村に顎を引く。そして薄笑いを浮かべ、戸を閉めた。

「待て、待てぇ！」

血だらけの総之介が、喉の奥から絞り出すような声をあげて、左手の刀を地面に突き立て、立ち上がった。

一歩踏み出した総之介の足を、杉村が振り向きざまに斬る。

両の太ももを斬られ、膝をつく総之介。

その背後に回った杉村が、見くだした。

「不埒者《ふらちもの》め」

言うや、刀を振り上げ、首に打ち下ろした。

六

仁兵衛の家に寅松が駆け込んだのは、真十郎が外へ出ようとした時だった。

真十郎は、志衛館の門弟に繋ぎを頼まれた玉緒から、お駒の死と、総之介の失踪を知らされたばかりだった。お駒を殺したのが本田の手の者と知り、総之介を捜しに出ようとしていたのだ。

「おっと旦那、どちらに」

「人捜しだ」

「ちょいとお待ちを」

「急いでいるのだ」

路地に出た真十郎を追った寅松が言う。

「旦那に恩を返すために本田老中を見張っていたら、とんでもねぇことが起きやしたぜ」

「何」

もしや総之介が、と思い、足を止めた。

寅松が言う。

「登城する本田の行列に、大手門前で襲いかかった者がいて、大騒ぎだ。旦那のほかにも、恨んでいる奴がいたようですぜ」

真十郎は寅松に迫った。

「それでどうなった」

「家来が何人か斬られやしたが、本田は城へ逃げ込みやしたぜ」

「襲った者は」

寅松は、自分の首に手刀を当て、横に引いた。

それを見た真十郎は、光平をにぎって大手門へ走った。

「総之介、早まったことをしおって」

悔しさに歯を食いしばる真十郎の目が、涙で霞《かす》む。

日本橋の通りを行き交う人が大勢いて邪魔だ。

「どけ、どいてくれ！」

叫びながら走り、呉服橋御門《ごふくばし》から廓内に入ると右に走り、銭瓶橋《ぜにがめばし》を渡って、道《どう》三堀《さんぼり》沿いの道を大手門に向かった。

途中で、戸板に乗せられて運ばれる怪我人とすれ違った。

身形《みなり》から、本田の供侍に違いない。

酒井家の屋敷のそばの小路では、騒ぎを聞きつけて集まった町の者が、遠巻きに大手門の方を見ている。

大手門前の広場には役人が集まり、総之介に斬り殺された藩士たちを調べている。その中に、首がない骸《むくろ》があるのが見えた。

寅松が、手刀を首に当てて引いたのを思い出す。無残な姿をさらされているのは、総之介だ。

連れて帰らねば。

気が動転している真十郎は、ふらふらと歩みを進めたのだが、強い力で腕を引かれた。

振り向くと、志衛館の館長徳定兼五だった。悲しい顔を横に振る。

「本田の手の者がおります。行けば、御家が潰されますぞ」

皆と手分けをして行方を捜していた徳定は、大手門の騒ぎを聞いて駆けつけていたのだ。

「止められなかったこと、お詫び申し上げる」

真十郎は頭を上げてくれと言い、本田への怒りをつのらせた。今すぐにでも城へ斬り込み、本田の首を取りたい衝動に駆られた。

「おのれ、本田め」

大手門のほうへ振り向き、怒りに震える真十郎の前に、徳定が回り込んだ。

「今は、こらえるのです」

歯を食いしばる真十郎に、徳定が厳しい眼差しをする。

「総之介の二の舞になりますぞ。一人残された秋乃殿のために、道場に来てくださらぬか」

なおも斬り込むつもりの真十郎の手を引き止めたのは、玉緒だ。真十郎を追って来ていた玉緒が、行けば殺されると言い、腕にしがみつく。

落ち着きを取り戻した真十郎は、玉緒の手を握った。

「分かった。無茶はせぬ」

「このままあたしと、深川へ帰って」

「それはできぬ。おれには行くところがあるのだ」

「死んだら、許さないから」

「たとえ生きていたとしても、江戸では暮らせぬ身だ」

真十郎は、玉緒の手を放した。

「世話になった。達者で暮らせ」

「真十郎様！」

抱きつこうとした玉緒に背を向けた真十郎は、徳定に顎を引き、歩みを進めた。

「どこに行くのも旦那の勝手だけど、便りの一つくらいはよこしなさいよ」

真十郎は振り向かずに、手を挙げて応じた。

玉緒は呆然と立ちすくんでいたが、真十郎の姿が見えなくなると、弱々しい足取りで家路についた。

真十郎が道場の門を潜ると、外で待っていた秋乃が駆け寄った。

真十郎に頭を下げ、徳定に訊く。

「兄上は見つかりましたか」

「残念だが、総之介は死んだ」

秋乃は覚悟していたのか、神妙な顔で訊く。

「兄上は今、どこにいるのですか」

「おそらく大番屋に連れて行かれ、罪人として葬られる」

「迎えに行きます」

真十郎が止めた。

「行けば、捕らえられて拷問にかけられる」

徳定が言う。

「悪いが、わしも引き取れぬ。申し出れば、本田に潰されてしまうのでな。許せ」

秋乃が着物の袖で顔をおおって、声を詰まらせて泣いた。

真十郎は、秋乃を引き寄せ、胸を貸した。

「総之介の無念は、おれが必ず晴らす」

秋乃は、もうやめてくれと言って泣いた。

深い悲しみが、秋乃のこころを押し潰そうとしている。

分かったとは言えず、黙って秋乃の身体を支え、家に入った。

その日から秋乃は部屋に籠もってしまい、聞こえてくるのは泣き声ばかりだ。

真十郎は何もできないまま、むなしく十日が過ぎた。

総之介が、小塚原《こづかっぱら》刑場の横にある回向院《えこういん》に埋葬されたと教えてくれたのは、志衛館に通う、田辺左馬之助《たなべさまのすけ》だ。

旗本の息子である左馬之助は、総之介の弟弟子で、泣いて過ごす秋乃に、何か力になれないものか、と、真十郎にぼやいていた若者だ。

せめて、兄の居場所だけでも伝えたいと思ったのだろう。左馬之助は、城に勤める知り合いを頼り、総之介が葬られた場所を突き止めていたのだ。

秋乃は、総之介に線香を供えたいと言ったが、徳定が止めた。本田の手の者が見張っているのを恐れたのだ。

すると、左馬之助が真十郎に膝を転じて、身を乗り出す。

「父上から、手紙を預かっています」

真十郎は驚いた。

「どういうことだ」

「安心してください。父上は、亡くなられた沖綱様とは旧知の仲。今の田辺家があるのは、あなたの御父上のおかげなのです」

これを、と言って差し出された手紙を受け取り、その場で開いた真十郎は、目を見張った。

手紙には、本田が老中を辞するとある。

大目付の武田伊予守から、大手門で襲いかかった総之介が、殿の仇、と叫んだことの真相を探られ、己の身を案じてのことと書かれていた。

真十郎は、手紙を徳定に渡した。

「奴は家督を息子に譲り、江戸を去って常陸《ひたち》の城へ戻るらしい」

手紙を読んだ徳定が言う。

「明後日とは、急だな」

左馬之助が言う。

「城に入られたら、仇討ちは叶いませんよ」

真十郎はうなずいた。

外はもう薄暗い。考えている暇はなかった。

光平をにぎり、立ち上がると、徳定が呼び止めた。

「何をする気です」

「ちと、出かける」

「お待ちなさい」

徳定が立ち上がり、付いて来いと言うので、従って廊下に出た。

連れて行かれたのは、奥の部屋だ。

徳定が障子を開けた部屋の中には、弓と槍、防具などが揃えられていた。

「これは――」

「貴方と総之介のために、支度をしていました。使ってください」

真十郎が驚いて顔を向けると、徳定は神妙な顔で顎を引く。

「助太刀ができぬ代わりに、せめてこれぐらいはさせてくだされ」

「ありがたく、使わせていただきます。秋乃殿のこと、頼みます」

「任せてくだされ。秋乃殿は、わたしの養女にします。これは気持ちです」

路銀まで出してくれた徳定に、真十郎は頭を下げ、武具を持って志衛館を出た。

七

本田豊後守の行列が、常陸の国に入った。

真十郎は、丘の木陰から、街道を急ぐ一行を見ている。

本田は隠居したからか、それとも、目立たぬようにするためか、連れている者たちは大名行列のような大人数ではない。

とはいうものの、一人で戦おうとしている真十郎にとって、前後に合わせて四人の騎馬侍がおり、黒漆塗りの駕籠を十人の侍が守っているのは、厄介だ。他には、十数名の荷物持ちがいるが、この者らの剣技は未熟で、真十郎の敵ではない。

狙うは、杉村将永と本田豊後守のみだが、容易《たやす》くはいくまい。

真十郎は目を閉じて、気持ちを落ち着かせた。
馬の嘶《いなな》きが、丘に響く。
粛々と、行列が近づいて来た。
真十郎は弓をにぎり、矢をつがえて引いた。
息を整え、狙いを定めて放つ。
空気を裂いて飛翔した弓矢が、騎馬侍の肩を射抜く。
「ぐああ」
悲鳴をあげた侍が落馬し、隣の騎馬侍が慌てる。
「曲者だ！」
馬の鼻先を転じて叫ぶのと、真十郎が放った弓矢が背中に突き刺さるのが同時だった。
侍は、呻き声をあげて落馬した。
荷物持ちに動揺が走り、警固の侍が前に出る。
街道は両側を雑木の丘に挟まれ、江戸の方角へ引くか、前に出て突破するしかない。
一行は、突破を選んだ。

「走れ！」

抜刀した侍が叫び、矢が放たれた丘を警戒した。

駕籠を担ぐ四人の陸尺が走り、侍が周囲を固めている。

弓を槍に換えて丘を駆け下りた真十郎は、一行の前を塞いだ。

「おのれ曲者！」

怒号をあげる侍に、真十郎は槍を向けて走る。

斬りかかる侍の刀を弾き、胸を突く。すぐさま引き抜き、斬りかかる別の侍の腹を突いた。

腹を押さえてうずくまる侍には目もくれず、槍を振るって襲いかかる。

囲もうとしてくる右の敵の横腹を突き、槍を転じて、正面の敵の足を払った。

「どけ！」

叫び声に応じた侍たちは、真十郎に切っ先を向けて道を空けた。

出て来たのは、青白い顔をした男だ。

自信に満ちた眼差しの目の奥に、冷徹な光がある。

真十郎は槍を捨て、光平の鯉口を切った。

「杉村将永か」

「いかにも」

答えた杉村が、鯉口を切り、右足を前に出す。

互いに抜刀術の構えをして、対峙した。

杉村が鋭い眼差しで問う。

「大垣沖信だな」

名乗れば、弟に迷惑となる。

その一瞬の迷いが、隙を生じさせた。

見逃さぬ杉村が前に出る。

両者が刀を抜いて一閃し、飛び離れた。

杉村は大きく右腕を広げ、左手を添えて八双の構えに転じている。

足がぐらついたのは、真十郎だ。隙を突かれたせいで相手の剣が勝り、右の脇腹を浅く斬られている。

弓と槍を使ったことで、背中の傷の痛みも増していた。

息を荒くして顔をゆがめる真十郎に、杉村が冷徹な笑みを浮かべる。

「噂ほどではないようだ」

言うなり、猛然と前に出た。

歯を食いしばった真十郎は、八双から袈裟懸けに打ち下ろされる一撃を受け流した。

身体を横に転じた杉村の刀が首に迫る。

かがんで頭上にかわした真十郎は、光平を横に振るった。

手ごたえが刀身に伝わり、背後で杉村の呻き声がする。

両者が同時に振り向き、杉村は刀を正眼に構えた。対する真十郎は、他の侍に目を向けている。

「どこを、見ておる」

苦しみの声で言い、前に出ようとした杉村は、膝から崩れて倒れた。

それを見て怯《ひる》んだ侍たちであったが、本田を守るべく、刀をにぎり直す。

「やあ！」

大音声をあげて襲いかかった敵の間合いに飛び込んだ真十郎が、腹を斬って抜ける。そして、別の敵が打ち下ろした刀を受けて押し返し、隙を突いて袈裟懸けに斬った。

真十郎は肩で息をしているものの、次の敵も、その次の敵も斬り倒し、駕籠に迫る。

陸尺たちは悲鳴をあげ、駕籠を捨てて逃げだした。

残る侍が駕籠を守ったが、血に染まった真十郎が迫ると、腰を抜かし、やみくもに刀を振るいながら這い下がった。

真十郎は光平の切っ先を駕籠に向ける。

「父の仇!」

叫んで突き刺したが、手ごたえがない。

そこへ、騎馬侍が突撃して来た。

ぶつかる寸前でかわした真十郎の目に入ったのは、馬を駆る憎き仇の顔だ。

後方を守る騎馬侍に成りすましていた本田は、雲行きを見て逃げだしたのだ。

その後ろに、もう一騎が続く。この場を突っ切って、城まで逃げる気だ。

「本田! 待て!」

真十郎は、乗り手を失ったまま、とどまっていた馬に乗り、本田を追った。

林の中の道を駆け抜けると、田畑に囲まれた街道の先を逃げる本田が見えた。

「踏ん張ってくれ」

真十郎は馬を励まし、風を切って追う。

後ろを見ていた侍は、近づく真十郎から本田を守るべく馬を転回させ、抜刀して向かって来た。

真十郎は光平を抜き、かかとで馬の腹を打つ。

「やあ！」

大音声の気合いを吐きながら迫る敵に、光平を振るう。

刀をぶつけ合ってすれ違った時、敵の侍が均衡《きんこう》を崩して落馬した。

道端に転がる侍を見つつ、真十郎は本田を追う。

遠く離れた本田が、平地にぽつりと浮かんで見える山のふもとの道を右に曲がり、姿が見えなくなった。

「踏ん張れ。もう少しだ」

馬を急がせて、山のふもとの道を曲がって行く。

そのあいだに、馬から降りて岩陰に隠れて待ち構えていた本田がつと現れ、不意打ちをしてきた。

光平で受けそこねたせいで足を傷つけられた真十郎が、馬から落ちた。咄嗟《とっさ》の受け身で地面を転がり、頭を打つことはなんとかまぬかれたものの、背中を強打し、まだ癒えぬ刀傷の痛みに呻いた。

そばに転がった光平に手を伸ばした時、本田が足で払いのけた。

顔を上げる真十郎の眼前に、本田が刀の切っ先を突きつける。

「大垣沖信、よくもわしを隠居に追い込んでくれたな」

「黙れ、父の仇め」

本田が鼻先で笑う。

「いかにも、沖綱を殺させたのはこのわしだ。目障りだったのでな。親子揃うて、わしの邪魔をしおって。死ね！」

本田は刀を振り上げた。

横に転がって一撃をかわした真十郎は、脇差を抜き、追って来て突き刺そうとする本田の刀を払いのける。

力任せに斬り殺そうとした本田が、刀を大上段に振り上げた。

その隙を逃さぬ真十郎が片膝をつき、本田の腹に脇差を突き刺した。

呻いた本田が、見開いた目を腹に向けて刀を落とし、地面に両膝をついた。

腹に刺さった脇差を両手で持ち、苦しそうに身をかがめた。

真十郎は払いのけられた光平を取りに行き、本田の背後によろよろと歩み寄り、振り上げる。

「覚悟！」

叫ぶや、本田の首に打ち下ろした。

父と総之介、死んでいった者たちの無念を晴らした真十郎は、光平の血を懐紙でぬぐって鞘に納め、骸《むくろ》から脇差を抜き、馬に跨《また》がった。

本田の骸を見くだし、その場から去った。


真十郎が大垣家の菩提寺《ぼだいじ》に現れたのは、三日後のことだ。

玉緒の家にも戻らず、街道の旅籠《はたご》で傷を癒していたのだが、本田の殿様が殺された、という噂が広まり、傷を負っている真十郎を見る人の目に変化が生じたので、早々に引き上げた。

大垣の家には帰れぬが、父の墓前に仇討ちの報告がしたかった真十郎は、西国へ旅立つ前の早朝に、菩提寺を訪ねたのだ。

父の墓と少し離れたところに、自分の墓を見つけた。

公儀に病死と届けられているのだから、当然のことだ。

鼻先で笑った真十郎は、父の墓に線香を供えて手を合わせ、仇討ちの報告をした。

ふと、墓に来る人の気配に気付いて、木陰に隠れた。

早朝だというのに、墓に来たのは弟の次郎と、花を持った母だった。

墓に供えられていた花がきれいだったので、こうして、毎朝来ているのだろう。

「おや」

次郎が、煙を上げる線香に気付いて走り寄り、母に振り向く。

「母上、誰か来たようです」

墓の前に来た母は、あたりを見回した。

真十郎は、大木に背を向けて身を潜めている。

会えば、別れが辛《つら》くなる。

真十郎が玉緒の家に戻らないのも、未練を絶つためだ。二度と、江戸の土を踏まぬ気でいる。

隠れている真十郎の耳に、母の声が届いた。

「いつか会える日を、待っていますよ」

弟が振り向く。

「母上、いかがされたのです」

「独り言です。さ、お参りをしましょう」

父の墓に手を合わせる母と弟の姿を見た真十郎は、そっとその場を離れた。

旅装束をまとい、山門に向かう真十郎の両側には、梅の花が満開だ。早春《そうしゅん》の香りに包まれた参道のどこかで、鶯《うぐいす》の鳴き声がした。

斬《ざん》！　江戸《えど》の用心棒《ようじんぼう》

朝日文庫

2017年10月30日　第1刷発行
2024年9月10日　第4刷発行

著　者　佐々木裕一《ささきゆういち》

発行者　宇都宮健太朗
発行所　朝日新聞出版
〒104-8011　東京都中央区築地5-3-2
電話　03-5541-8832（編集）
03-5540-7793（販売）

印刷製本　大日本印刷株式会社

Published in Japan by Asahi Shimbun Publications Inc.
定価はカバーに表示してあります

ISBN978-4-02-264863-1